Tilde Michels

Kleiner König Kalle Wirsch

Die Autorin:

Tilde Michels wurde in Frankfurt am Main geboren. Nach einem Fremdsprachenstudium lebte sie einige Zeit in Frankreich und England. Seit vielen Jahren wohnt sie in München, schreibt Kinder- und Bilderbuchtexte, übersetzt und arbeitet für Funk und Fernsehen. Inzwischen sind von ihr mehr als 40 Bücher erschienen, die häufig ausgezeichnet und in viele Sprachen übersetzt wurden.
Weitere Titel von Tilde Michels bei dtv junior: siehe Seite 4

Tilde Michels

Kleiner König Kalle Wirsch

Mit Zeichnungen von Helga Gebert

Deutscher Taschenbuch Verlag

Dieser Band war mit anderen Illustrationen bei dtv junior erstmals 1977 unter der Nr. 7270 lieferbar

Zu diesem Band gibt es ein Unterrichtsmodell, enthalten in Lesen in der Schule (Primarstufe), unter der Bestellnummer 8103 durch den Buchhandel oder den Verlag zu beziehen.

Von Tilde Michels sind außerdem bei dtv junior lieferbar:

Es klopft bei Wanja in der Nacht, dtv junior Bilderbuch 7986
Igel, komm, ich nehm dich mit, dtv junior Lesebär 75006
Der heimliche Hund, dtv junior Lesebär 75031
Die Kellermaus, dtv junior Lesebär 75048
3 x Gustav Bär, dtv junior 70125
Kleiner König Kalle Wirsch, dtv junior 70134
Kleine Hasen werden groß, dtv junior 70157
Freundschaft für immer und ewig?, dtv junior 70257
Lena vom Wolfsgraben, dtv junior 70449
Ausgerechnet Pommes, dtv junior 70463

Limitierte Sonderausgabe
Bearbeitete Neuausgabe nach den Regeln
der Rechtschreibreform
November 1998
1988 Deutscher Taschenbuch Verlag GmbH & Co. KG,
München

ISBN 3-451-20327-8
Umschlagkonzept: Balk & Brumshagen
Umschlagbild: Helga Gebert
Gesamtherstellung: Ebner Ulm
Printed in Germany · ISBN 3-423-08468-5

Inhalt

AUFRUF!

Ich, Zoppo Trump,
fordere den Erdmännchenkönig
Kalle Wirsch
zum Kampf!

Dieser Kampf
soll zur Zeit des nächsten Vollmonds
in der Wiwogitrumu-Burg
ausgetragen werden.

Zoppo der Starke

1. Kapitel
Eine seltsame Verwandlung

Durch alle Höhlen und Erdgänge hallte Zoppos Aufruf und in kurzer Zeit wussten sämtliche Erdmännchen davon.

»Zoppo Trump will gegen Kalle Wirsch kämpfen. – Habt ihr's gehört? Zoppo hat es gewagt, König Kalle zu fordern.«

Das war ein Ereignis, das alle erregte. Zoppo Trump, der sich selbst »der Starke« nannte, wollte mit Kalle Wirsch um die Königswürde kämpfen!

Alle wussten, dass der Erdmännchenkönig noch nie im Wettstreit besiegt worden war. Seit undenklichen Zeiten regierte er das unterirdische Reich. Er war König der fünf Erdmännchenvölker: der Wirsche, Wolde, Gilche, Trumpe und Murke.

Zoppo gehörte zum Volk der Trumpe. Er galt als hinterlistig und feige. Alle wunderten sich über seine plötzliche Kühnheit.

»Er wagt es!«, riefen sie erstaunt.

Zoppo Trump hockte indessen in einem Felsloch und rieb sich die Hände; denn er hatte einen heimtückischen Plan ausgebrütet.

Es gab ein altes Erdmännchengesetz, wonach jeder, der den König im Wettstreit besiegte, selbst König werden konnte. Und das wollte Zoppo. Er wollte Macht, er wollte Kalle Wirsch absetzen.

Aber er fürchtete den Wettkampf. Deshalb hatte er lange und gründlich darüber nachgesonnen, ob es keinen anderen Weg gäbe um dieses Ziel zu erreichen. Und er hatte ihn gefunden! Jetzt hockte er im Felsloch und rieb sich die Hände:

Er hatte nämlich das alte Gesetzbuch über den Königskampf hervorgewühlt und Seite um Seite darin studiert. Dabei war er auf einen kleinen Satz gestoßen, der ihm die Idee zu seinem bösen Plan eingab. Dieser Satz lautete: »... es sei denn, der König käme nicht.«

Jetzt wusste Zoppo Trump, was er tun musste.

Zuerst forderte er Kalle Wirsch zum Wettstreit, wie das Gesetz es verlangte. Zur gleichen Zeit aber rief er eine geheime Verschwörung zusammen. Dazu gehörten vier Trumpe und eine Ratte mit roten Augen. Die Ratte war Zoppo treu ergeben und schnüffelte überall für ihn herum. Die Trumpe blickten so verwegen drein, dass man ihnen jede Schandtat zutraute.

Diese fünf weihte Zoppo in seinen Plan gegen Kalle Wirsch ein.

»Versteht ihr?«, rief er. »Begreift ihr? Kapiert ihr? Er darf nicht kommen! Er darf nicht erscheinen! Er muss beim Treffen aller Erdmännchenvölker« – er schnippte mit den Fingern – »futsch sein.«

»Die Trumpe nickten eifrig mit den Köpfen.

»Und der Kampf?«, fragte die Ratte.

»Findet nicht statt«, erklärte Zoppo. »Oder hast du schon mal gesehen, wie einer mit einem König gekämpft hat, der« – wieder schnippte er mit den Fingern – »futsch war?«

Die geheime Verschwörung

Die Ratte pfiff schrill vor Vergnügen und die vier Trumpe schlugen Zoppo begeistert auf die Schultern.

Zoppo aber schüttelte ihre derben Fäuste ab und sagte hochmütig: »Gewöhnt euch bessere Manieren an. Bald werde ich euer König sein.«

Dann winkte er ihnen sich in einen Halbkreis um ihn zu setzen und sagte: »Kalle Wirsch muss sich jetzt zur Wanderung in die Erdmännchenburg rüsten.«

»Weil du ihn gefordert hast.«

»Weil er glaubt, er muss mit dir kämpfen.«

»Weil du so mutig bist.«

»So stark, so kühn, so verwegen!«, riefen die vier Trumpe dazwischen.

»Kich-ch-ch«, zischte die Ratte und peitschte vor Vergnügen mit ihrem langen Schwanz heftig um sich.

»Zur Zeit«, fuhr Zoppo fort, »befindet sich Kalle Wirsch mit seinem Stammvolk, den Wirschen, in der Nähe der roten Marmorfelsen. Ihr kennt das Gebiet. Kommende Nacht ist Neumond. Da versammeln sich die Wirsche auf dem Hügel bei den Marmorfelsen um gemeinsam die Wanderung zur Wiwogitrumu-Burg anzutreten. So weit ist alles klar – oder?«

»Alles klar«, bestätigten die Trumpe untertänig.

»Und jetzt hört genau zu«, fuhr Zoppo fort. »Jetzt erkläre ich euch, welche Aufgabe ich euch zugedacht habe: Dicht an diesem Hügel steht ein altes Haus. Seine Rückwand ist an die glatten, senkrecht abfallenden Marmorfelsen angebaut. Das Haus lehnt also am Hang. Von oben seht ihr nur das Dach, das an den Hügel stößt. – Es ist ein Leichtes, von dort aus auf dieses Dach zu gelangen.«

»Häuser und Dächer sind unangenehm«, warf einer der Trumpe ein, aber Zoppo wischte den Einwand mit einer Handbewegung fort.

»Ein Leichtes«, wiederholte er. »Auf diesem Dach befindet sich ein Schornstein, durch den jemand, der hineinfällt, in die Behausung eines Menschen gerät.«

»In Menschenhäuser zu fallen ist unangenehm«,

»höchst unangenehm«,

»äußerst unangenehm«, murmelten die Trumpe.

»Ich habe nicht gesagt, dass *ihr* hineinfallen sollt, ich habe gesagt, dass *jemand* hineinfällt.«

»Und dieser Jemand...«, kreischte die Ratte.

»Und dieser Jemand...«, grölten die Trumpe; sie hatten jetzt begriffen um was es ging. »Und dieser Jemand heißt Kal...«

»Psst, nicht so laut«, unterbrach Zoppo Trump. »Euch also habe ich für die ehrenvolle Aufgabe ausersehen, Kalle Wirsch von den übrigen Wirschen fortzulocken und...« Den Rest seines schändlichen Plans tuschelte er jedem einzeln ins Ohr, aber er ist ja nicht schwer zu erraten.

So kam es, dass Kalle Wirsch in der Neumondnacht, während sich die Wirsche bei den roten Marmorfelsen versammelten, von fünf dunklen Gestalten gepackt, aufs Dach geschleppt und in den Kamin gestoßen wurde.

Alles ging blitzschnell. Keiner der Wirsche hatte etwas von dem Überfall bemerkt, keiner hatte Kalles Hilferuf vernommen. Sie wuselten umher und sprachen aufgeregt über den bevorstehenden Kampf und von ihrer Wanderung in die Erdmännchenburg.

Die Verschwörer auf dem Dach beobachteten sie mit hämischem Grinsen.

Dann rutschten die Trumpe vorsichtig die Schindeln hinab und verschwanden in einer Felsspalte um Zoppo von dem geglückten Anschlag zu berichten. Die Ratte blieb allein zurück. Sie wollte auskundschaften, ob alles so lief, wie sie es geplant hatten.

Indessen sauste Kalle Wirsch kopfüber durch den dunklen Kaminschacht. Die Sinne schwanden ihm, er spürte noch einen dumpfen Aufprall und dann wusste er nichts mehr von sich.

Er wusste nicht, dass er in die Werkstatt eines alten Töpfermeisters gefallen war, der Gartenzwerge aus Ton anfertigte. Er lag bewusstlos auf dem Rost des Kamins, als der Meister am nächsten Morgen in die Werkstatt trat. Zum Glück hörte er auch nicht, was dieser bei seinem Anblick sagte, denn das hätte ihn bitter beleidigt. Der Töpfer sagte nämlich:

»Nanu, was haben wir denn da für eine Missgestalt?«

Ganz gewiss hätte jedes Kind erkannt, dass Kalle Wirsch keine Missgestalt war, sondern dass er mit seinem dicken Zottelkopf und dem zierlichen Körper nach etwas Besonderem aussah. Der alte Töpfer jedoch erkannte das nicht.

Er hatte in seinem Leben schon zu viele bunte Gartenzwerge aus Ton gemacht, alle mit roten Zipfelmützen, grünen Gärtnerschürzen und Krausbärten. Dabei hatte er den Blick für das Besondere verloren.

»Hm, hm, hm«, brummelte er, »da hat mein Lehrling ja ganz miserabel gearbeitet. So einen scheußlichen Gartenzwerg kauft mir kein Mensch ab.«

Er griff nach Kalle und drückte und knetete mit seinen großen Händen an ihm herum.

»Vielleicht könnte man ihn ein bisschen verbessern«, überlegte er. »Ganz hart ist er noch nicht geworden.«

Der Töpfer nahm einen Batzen Ton, klatschte ihn dem bewusstlosen Kalle ins Gesicht, formte eine Gartenzwergnase, Gartenzwergbäckchen und einen Gartenzwergbart. Dann schmierte er ihm Ton über den ganzen Körper und setzte ihm zum Schluss eine Zipfelmütze auf. Hinterher stellte er ihn zum Trocknen auf.

Kalle Wirsch merkte nichts von der Veränderung, die mit ihm vorgegangen war. Der Sturz durch den Kamin war so heftig gewesen, dass er nicht einmal zu sich kam, als ihn der Töpfer mit Glasurfarbe bestrich und zum Brennen in den Ofen schob. Rundherum eingebacken in eine feste Tonmasse kam Kalle aus dem Ofen. Dann wurde er in Holzwolle verpackt und in einen Laden zum Verkauf gebracht.

Im Schaufenster, wo er mit vielen anderen Tonzwergen ausgestellt wurde, erwachte er endlich aus seiner tiefen Ohnmacht. Er schlug die Augen auf – und das war das Einzige, was er konnte. Sonst war er stocksteif und unbeweglich; nur die Augen hatte ihm der Töpfer nicht zugeschmiert.

Kalle Wirsch versuchte mit der Hand an seinen Kopf zu fassen, aber die Hand rührte sich nicht von der Stelle.

Was ist mit mir los?, dachte Kalle. Er konnte zuerst nur mit großer Mühe denken und wenn er ein paar Worte gedacht hatte, klappten ihm die Augen wieder zu vor Erschöpfung.

Wo bin ich?, versuchte er zu ergründen. Aber noch

bevor er sich Antwort verschaffen konnte, senkten sich die Nebel der Müdigkeit über ihn.

Nach einer Weile hatte er sich so weit erholt, dass er seine Augen länger offen halten konnte. Er rollte sie nach rechts und nach links. Überall erblickte er komische kleine Gestalten mit Bärten, grünen Schürzen und roten Zipfelmützen. Einige hielten Pfeifchen im Mund, andere hatten Laternen oder Schubkarren. Wieder andere angelten, obwohl Kalle nirgends Wasser sah. – Eine merkwürdige Versammlung war das!

Wie ulkig die aussehen, dachte Kalle, ganz anders als ich.

Wieso anders? Woher wusste er, dass er anders aussah? Wie sah er denn eigentlich aus und wer war er überhaupt?

Kalle Wirsch rätselte und grübelte, aber da war etwas in seinem Kopf wie eine Nebelwand, die er nicht durchstoßen konnte.

Er hatte vergessen, dass er Kalle hieß, und er wusste nicht mehr, dass er ein König war.

Vielleicht sehe ich doch so aus wie die andern, überlegte er, so scheußlich bunt gelackt.

Wenn er nur den Kopf wenden und sich betrachten könnte! Aber der Kopf saß fest wie Gusseisen. Um sich Gewissheit zu verschaffen äugte Kalle an sich herunter; er verdrehte die Augen und schielte nach allen Richtungen. Was er jedoch an sich erspähte, machte ihn völlig mutlos: Er hatte also auch eine glänzende Knollennase, einen Krausbart und eine giftgrüne Schürze. Die rote Zipfelmütze konnte er natürlich nicht sehen, aber er zweifelte nicht daran, dass auch auf seinem Kopf so ein lächerliches Ding thronte.

Es schien also keinen Unterschied zu geben zwischen

ihm und den komischen Kerlen da. Und doch wusste er ganz genau, dass er nicht zu ihnen gehörte.

Was war nur los mit ihm? – Wer war er?

Traurig starrte Kalle durch die Schaufensterscheibe auf die Straße. Menschen hasteten vorüber. Menschen hatte er früher schon gesehen, die erkannte er wieder.

Auf der Straßenseite gegenüber befand sich eine Gaststube, in der man Bier und belegte Brote kaufen konnte. KALTES BÜFFET stand in bunter Leuchtschrift darüber. Die Buchstaben gingen an und aus, an und aus, immer einer nach dem andern.

K-A-L-T-E-S B-Ü-F-F-E-T

K

K-A

K-A-L

Kalle!, durchzuckte es ihn. Kalle Wirsch! – Das war er. Das war ein Name. Darüber konnte kein Zweifel bestehen. T-E-S B-Ü-F-F-E-T schrieb die Leuchtschrift weiter und dann begann sie von vorn K-A-L...

»Kalle«, flüsterte der kleine König. Er klammerte sich an diese einzige Erinnerung, die ihm aus dem Bereich hinter der Nebelwand gekommen war.

»Kalle, Kalle Wirsch«, wiederholte er immer und immer wieder, als müsse es gelingen, mit diesem Namen noch mehr hervorzuziehen aus dem Nebel. Aber mehr wollte nicht kommen.

Kalle rollte die Augen zu seinem rechten Nachbarn. Es war ein Pausback, der seinen Mund zu einem breiten Lachen verzog. Hoffentlich grinse ich nicht auch so von einem Ohr zum andern, dachte Kalle. Das sieht doch zu dumm aus, wenn einer immerzu ohne Grund lacht.

Vielleicht konnte er aber doch etwas erfahren von diesem Pausback. Der sah so fröhlich aus, der wusste sicher ganz genau, wer er war und was es bedeutete, dass sie alle in diesem Schaufenster standen.

»Guten Tag«, begann Kalle die Unterhaltung.

Es waren die ersten Worte, die er seit seiner Verwandlung laut sprach, und er wunderte sich, wie dumpf seine Stimme klang. Wie aus einer Gießkanne. Er spürte auch etwas Festes vor dem Mund, das ihn hinderte die Lippen richtig zu bewegen.

Wenn mein Mund ebenso steif gelackt ist wie meine Nase, dann ist das kein Wunder, dachte er.

Der Pausback hatte Kalles Gruß nicht erwidert, trotzdem versuchte es Kalle noch einmal. »Wären Sie bitte so freundlich, mir zu erklären, wer Sie sind?«, fragte er.

Der Pausbäckige blieb stumm.

»Sagen Sie doch etwas«, bat Kalle, »irgendetwas.«

Als aber wieder keine Antwort kam, begriff Kalle, dass dieser Zipfelmützenkerl überhaupt nicht reden konnte. Er bestand aus einer ganz und gar leblosen Masse. Jetzt hatte Kalle die Gewissheit, dass er wirklich etwas anderes war – aber was? Während er wieder in tiefe Grübelei versank, hörte er das Klingeln einer Glocke, eine Tür ging auf und dann vernahm er menschliche Stimmen.

»Bitte sehr, hier«, sagte jemand, »wenn ihr euch einen aussuchen wollt. Wir haben eine große Auswahl an Gartenzwergen.«

Dann wurde Kalle Wirsch gepackt und mit einigen anderen auf einen Tisch gestellt. Also Gartenzwerge waren das, so viel wusste er jetzt wenigstens.

Von dem Tisch aus konnte er den ganzen Laden

überblicken. Er sah die Verkäuferin und zwei Kinder, die gekommen waren um einen Gartenzwerg zu kaufen. Es waren ein Junge und ein Mädchen und sie gefielen Kalle auf den ersten Blick.

Hoffentlich kaufen sie mich, wünschte er. Ich muss unbedingt hier 'raus.

Die Kinder betrachteten alle Zwerge sehr genau.

»Den da vielleicht?«, meinte das Mädchen und nahm den kleinsten vom Tisch.

»Lieber einen größeren«, sagte der Junge.

»Den mit der Laterne?«

»Der ist zu dick.«

»Und der mit dem Schubkarren?«

Der Junge prüfte den Zwerg mit dem Schubkarren eingehend und erklärte dann: »Der ist in Ordnung, Jenny, den nehmen wir.«

Vorbei, dachte Kalle niedergeschlagen, vorbei, sie nehmen einen anderen.

Flehentlich sah er zu dem Mädchen Jenny hinüber. Er traf ihren Blick und da weiteten sich ihre Augen vor Erstaunen. »Schau doch nur den an, Max«, sagte sie zu ihrem Bruder. »Der sieht aus wie lebendig. Er hat ganz traurige Augen.«

»Unsere Gartenzwerge sind nicht traurig«, widersprach die Verkäuferin. »Wir haben nur lustige Gartenzwerge. Echt nach der Natur.«

Bei diesem Gerede schnaubte Kalle Wirsch ärgerlich unter seinem Tongehäuse. Die musste ja wissen, wie Zwerge nach der Natur aussahen!

»Da hat etwas gegrunzt«, sagte das Mädchen.

»Ich habe nicht gegrunzt«, verteidigte sich die Ver-

käuferin, obwohl niemand behauptet hatte, sie sei es gewesen.

»Vielleicht war es einer von Ihren Gartenzwergen«, meinte Max.

Die Verkäuferin schüttelte energisch den Kopf. »Unsere Gartenzwerge grunzen nicht.«

»Das ist aber schade«, sagte Max. »Wenn der da zum Beispiel grunzen könnte, dann hätten wir ihn sofort genommen.« Dabei deutete er auf Kalle Wirsch.

Der Verkäuferin begann die Sache zu dumm zu werden. Sie hatte keine Lust sich von albernen Kindern alberne Sachen sagen zu lassen. Tonzwerge, die traurige Augen haben und grunzen – lächerlich!

Sie wollte jetzt so schnell wie möglich einen Zwerg verkaufen und diese Kinder loswerden. Deshalb sagte sie: »Vielleicht hat er wirklich gegrunzt. Man kann nie wissen und überhaupt – so ein Gartenzwerg...«

Das Mädchen Jenny hörte aber gar nicht mehr auf das Geschwätz der Verkäuferin. Bei ihr stand es felsenfest, dass sie keinen andern haben wollte als den mit den traurigen Augen. Max war schließlich auch einverstanden. Sie zogen ihre Geldbörsen und legten die Ersparnisse zusammen. Es reichte sogar noch für eine Packung Kaugummi.

Sorgsam trugen sie den kleinen Kalle nach Hause in ihren Garten und dort kamen seine wirren Gedanken zum ersten Mal ein wenig zur Ruhe.

»Max und Jenny«, sagte er leise. »Schöne Namen sind das. Aber Kalle Wirsch ist auch ein schöner Name.«

Er hatte seinen Namen wieder gefunden und das war doch ein großer Trost.

2. Kapitel

Wer erlöst Kalle Wirsch?

Als der Abend hereinbrach, blieb Kalle Wirsch allein im Garten zurück. Max und Jenny hatten ihn vor ihr eigenes kleines Beet gestellt; Zinnien und Löwenmäulchen blühten darauf.

Hier gefiel es dem kleinen Kalle viel besser als in dem Verkaufsladen. Der Geruch von feuchter Erde und Gestein kam ihm vertraut vor. Er erinnerte ihn an etwas ganz Bestimmtes.

Kalle Wirsch – Erde – Gestein, dachte er. Kalle spürte, dass er der Lösung seines Rätsels nahe war.

Und dann kam die Erkenntnis so plötzlich über ihn, dass er gewiss wieder ohnmächtig umgefallen wäre, wenn ihn das feste Tongehäuse nicht aufrecht gehalten hätte. Um ihn herum wimmelte und wurlte es nämlich mit einem Mal. Der ganze dämmrige Garten war erfüllt von kleinen erdbraunen Gestalten mit großen Wuschelköpfen.

Das sind die Wirsche, blitzte es in Kalle auf. Das sind meine Wirsche!

Nun endlich hatte er Klarheit. Und er erinnerte sich jetzt auch, dass ihn Zoppos Gesellen in einen Abgrund gestoßen hatten. Nur wie er in diesen Tonzwerg gekommen war, konnte er sich nicht erklären.

Sie suchen mich überall, dachte er. Wir müssen aufbrechen, sonst kommen wir zu spät.

Da waren Poggo, Akki, Immo, Gurru. Sie hasteten an ihm vorbei, keiner erkannte ihn in der Hülle des Gartenzwerges. »Wo ist König Kalle? – Wo ist Kalle Wirsch?«, riefen sie.

»Poggo!«, schrie er. »Akki, Immo, Gurru!«

Aber es klang zu leise aus ihm heraus, sie beachteten ihn überhaupt nicht.

Kalle machte in seiner Verzweiflung gewaltige Anstrengungen um sein Gehäuse zu sprengen. Er stemmte die Arme mit aller Gewalt zur Seite, er versuchte die Beine zu spreizen, den ganzen Körper zu verdrehen – es war alles unnütz. Seine Kräfte kamen nicht auf gegen den hart gebrannten Ton.

Sie *müssen* mich hören, dachte Kalle. Ich darf sie nicht fortgehen lassen.

In höchster Not brüllte er: »Hierher! Alle Wirsche hierher zu mir! Der König ruft euch.«

Dumpf und wie von weither klang es. Und dann noch einmal: »Der König ruft euch, her zu mir!«

Die kleinen Gestalten kamen plötzlich zur Ruhe.

»Hört ihr?«, riefen einige. »Das war der König.«

»Wo ist er, wo ist er?«, riefen andere.

»Hier!«, dröhnte Kalle Wirsch aus dem Gehäuse.

»Ich sehe ihn nicht«, sagte Immo.

»Aber wir hören ihn«, riefen Poggo, Akki und Gurru. »Seine Stimme kommt dort aus dem Erdspalt. Er ist schon vorausgegangen.«

»Los, ihm nach!«, schrien alle Wirsche.

Sie strebten einem Erdloch zu, das sich dicht neben Kalle auftat, und obwohl er brüllte und zeterte, so laut er konnte, waren sie nicht aufzuhalten. Sie zwängten,

drängten und schoben sich alle gleichzeitig in den Erdspalt und waren im Handumdrehen verschwunden.

»Fort! Jetzt sind sie fort!«, jammerte Kalle.

So nah waren sie ihm gewesen, dass er seine Erlösung schon erreicht glaubte, und nun hatte er sie mit seiner dumpfen Stimme getäuscht.

Jetzt ziehen sie ohne mich los, dachte Kalle, und es wird eine Weile dauern, bis sie merken, dass ich nicht bei ihnen bin.

So war es auch. Die Wirsche vermissten ihren König vorerst nicht. Sie liefen eilig dahin. Hinten und in der Mitte des langen Zuges dachten sie, der König sei an der Spitze, und die Vorderen glaubten, er befände sich in der Mitte.

Wie konnten sie auch ahnen, dass Kalle Wirsch in der Hülle eines Gartenzwerges steckte und seit kurzem den Kindern Max und Jenny gehörte?

Max und Jenny, dachte Kalle. Das waren jetzt die Einzigen, die ihm helfen konnten. Wenn es doch schon Tag wäre, wenn sie doch ganz schnell kämen!

Aber es dauerte lange, bis sie kamen.

Am Vormittag mussten sie zur Schule, und kaum waren sie nach Hause gekommen, wurden sie zum Essen gerufen. Dann mussten sie Aufgaben machen und danach noch ihr Zimmer aufräumen.

Wenn das eine fröhliche Kindheit sein soll!, dachte Kalle erbost.

Er wartete wütend und verzweifelt und er wurde von Minute zu Minute wütender und verzweifelter. »Ich will hier 'raus, ich will 'raus, 'raus, 'raus«, kreischte er.

Als Max und Jenny endlich im Garten erschienen, blitzte es schon ganz rot aus seinen Augen, so sehr hatte er sich abgewütet in seinem engen Gefängnis.

Jenny kauerte sich zu ihm hin und blickte ihn verwundert an. »Das ist komisch«, sagte sie. »Gestern kam er mir traurig vor, heut' sieht er richtig böse aus.«

»Böse!«, schrie Kalle Wirsch. »Ich möchte mal wissen, wie du aussiehst, wenn sie dich in Ton einbacken.«

Jenny fuhr erschreckt zurück. »Max, hast du das gehört? – Da hat etwas geredet.«

Max hatte es auch gehört. »Aber da ist doch gar nichts.«

»Nichts?«, zeterte Kalle Wirsch. »Bin ich vielleicht *nichts?* Habt ihr *nichts* gekauft, habt ihr *nichts* nach Hause getragen, steht *nichts* vor eurem Beet?!«

Die Kinder wichen ein paar Schritte zurück und starrten ihren Gartenzwerg entgeistert an.

»Der ist wirklich lebendig«, sagte Max, »der redet.«

»Wie er die Augen rollt«, flüsterte Jenny.

»So – merkt ihr endlich was«, sagte Kalle Wirsch. »Jetzt können wir hoffentlich vernünftig miteinander verhandeln.«

Er gab sich große Mühe laut und deutlich zu sprechen. Max und Jenny rutschten wieder ein bisschen näher heran.

»Wir hatten ja keine Ahnung…«, stotterte Max. »Gibt's denn noch mehr lebendige Gartenzwerge?«

»Es gibt überhaupt keinen lebendigen Gartenzwerg, keinen Einzigen gibt es.«

»Aber du…«

»Unsinn«, unterbrach Kalle. »Ich bin kein Gartenzwerg. Ich habe nichts mit diesen gelackten Trotteln zu tun.«

»Ja, aber…«, wollte Jenny einwenden.

»Ja, *aber*«, unterbrach Kalle wieder unfreundlich.

»Immer *aber, aber, aber.* – Fragt nicht so viel, fragt nicht so dumm. Ihr werdet schon erfahren, was ihr wissen müsst. Nicht mehr und nicht weniger. – Und jetzt zerschlagt mich erst mal!«

»Zerschlagen?« Max schüttelte energisch den Kopf. »Kommt überhaupt nicht in Frage. Wir sind ja froh, dass wir dich haben. Wir werden doch keinen lebendigen Gartenzwerg kaputtmachen.«

»Hiiii-käckäckäck«, schimpfte Kalle aus seinem Gehäuse heraus. »Hat man schon so was Dummköpfiges gesehen. Da schickt man euch in die Schule, da lässt man euch eine halbe Ewigkeit lang Aufgaben machen, aber ihr begreift nichts, rein gar nichts. – Ich bin kein Gartenzwerg und ihr sollt mich kaputtmachen, versteht ihr: ka-putt-ma-chen!«

»Wenn du so weiter tobst, gehst du bestimmt von allein kaputt«, sagte Jenny. Dann nahm sie den kleinen Kerl in die Hände und streichelte ihm sanft über den Rücken. »Warum willst du denn eigentlich kaputt gehen?«

Kalle wurde etwas milder. »*Ich* will doch nicht kaputtgehen.«

»Du hast es doch gerade gesagt.«

»Das habe ich nicht gesagt. »*Ich* will nicht kaputtgehen, der *andere* soll kaputtgehen, der Gartenzwerg.«

»Aber das ist doch dasselbe.«

»Neiiiin«, schrie Kalle ungeduldig. »*Ich* bin der richtige Ich und *ich* bin innen drin. Der falsche ist außen herum. – Erlöst mich doch endlich. Es eilt ganz furchtbar.«

Bei der Erklärung, dass er erlöst werden wolle, schauten sich die Kinder bedeutungsvoll an. Hier schien das Geheimnis zu liegen.

»Du bist also verzaubert?«, fragte Max.

»So kann man es auch nennen. Freiwillig stecke ich jedenfalls nicht in dieser Zwangsjacke.«

»Und was sollen wir tun um dich zu erlösen?«

»Na, endlich«, brummte Kalle. »Hat verflixt lange gedauert. Tut, was ich euch gesagt habe: Zerschlagt mich.«

»Ganz und gar?«, fragte Jenny unschlüssig.

»Ihr braucht mich ja nicht gerade mit dem Beil mittendurch zu hacken. Klopft halt die äußere Schale auf.«

»Die äußere Schale«, nickte Jenny. »Was nehmen wir denn dazu?«

»Einen Stein«, entschied Max. Er war jetzt ganz bei der Sache und hatte bald einen geeigneten Stein mit einer Spitze gefunden. »Wo fangen wir an?«

»Am Bauch«, schlug Jenny vor, aber Max fand es besser, gleich am Kopf zu beginnen.

Er klopfte mit dem spitzen Stein auf Kalles Stirn und Zipfelmütze herum; zuerst ganz zaghaft und vorsichtig, weil aber außer ein paar Lacksplittern nichts abging, begann er stärker zu hämmern.

»Hiii-käckäckäck«, brüllte Kalle, »nicht so wild!«

»Du tust ihm weh«, rief Jenny.

»Weh, weh, weh«, echote Kalle.

»Anders kann ich den Ton nicht kaputtkriegen«, behauptete Max. »Wenn er 'raus will, muss er das aushalten.« Und er hämmerte weiter ohne sich um die besorgte Jenny und den zeternden Kalle zu kümmern.

»Da!«, schrie er endlich. »Ein Sprung! Jetzt haben wir's schon.«

»Schon!«, murrte Kalle Wirsch. »Inzwischen habe ich

eine Haarwurzelerschütterung bekommen; meine Nase ist eingedrückt, ganz platt, und die Ohren, oh, oh, oh – ich fühle es – vollständig abgebröselt.«

Davon war kein bisschen wahr. Als der Kopf ganz zum Vorschein kam, sah man, dass er nicht den geringsten Schaden erlitten hatte. Trotzdem schielte Kalle Wirsch unentwegt auf seine Nase und schwor, zuvor habe er eine viel, viel schönere gehabt. Aber das stimmte überhaupt nicht.

Außerdem war auch gar keine Zeit sich lange bei der Nase aufzuhalten.

»Weiter!«, kommandierte Max. »Jetzt kommt der Bauch dran.«

Gemeinsam mit Jenny brach er den Rest von Kalles Gefängnis auf und schälte den kleinen Wirsch heraus.

Welche Folgen diese Rettungstat für sie haben sollte, ahnten sie in diesem Augenblick noch nicht.

3. Kapitel

Einiges über die Erdmännchen

Kalle stand vor den Kindern und reckte sich, dass es krachte.

»Ohhhh, ganz steif«, jammerte er.

»Das vergeht wieder«, tröstete Jenny. »Mach halt ein paar Kniebeugen.«

»Kniebeugen!«, wiederholte Kalle Wirsch verächtlich. »Kniebeugen sind dummes Menschenzeug. Erdmännchen machen keine Kniebeugen.«

»Erdmännchen?«, rief Jenny. »Bist du denn ein Erdmännchen?«

»Was denn sonst? Hast du mich für ein Nashorn gehalten?«

Freundlich war das ja wirklich nicht von Kalle, nachdem ihn die Kinder gerade befreit hatten.

Jenny war auch gleich ganz eingeschüchtert und Max sagte fast entschuldigend: »Wir haben noch nie ein Erdmännchen gesehen, weißt du.«

Da nickte Kalle hoheitsvoll. »Schon gut. Ihr könnt ja nichts dafür. Die Menschen sind eben nicht klüger.« Und dann erklärte er ganz unvermittelt: »So, und jetzt gehe ich.«

Max griff schleunigst nach ihm um ihn festzuhalten.

»Nicht fortgehen, bitte, nicht fortgehen!«

»Ich *muss* fort.«

»Ich lasse dich aber nicht. Du gehörst uns. Wir haben dich gekauft.«

Der kleine Wirsch schlüpfte Max aus den Händen und lachte spöttisch auf. »Den König der Erdmännchen kann man nicht kaufen.«

»Was? Ein König bist du?«

»Gewiss, ich bin Kalle Wirsch, König der Wirsche, Wolde, Gilche, Trumpe und Murke.«

»Ein richtiger König«, rief Jenny ungläubig. »Aber du hast ja keine Krone.«

»Krone!« Kalle zog die Mundwinkel herab. »Kronen sind dummes Menschenzeug. Wir Unterirdischen brauchen keine Kronen. Bei uns erkennt man den König sofort.«

»Woran erkennt man ihn denn?«

»An dem hellen Schein, der ihn umgibt. Je besser der König ist, desto heller leuchtet es um ihn.«

»Ich sehe aber keinen Schein um dich«, sagte Max.

»Ich auch nicht«, sagte Jenny.

»Natürlich nicht«, erklärte Kalle, »den kann man mit Menschenaugen nicht sehen. – Aber jetzt haltet mich nicht länger auf. Ich muss zurück in die Erde.«

Max war verzweifelt. Da hatten sie einen echten Erdmännchenkönig und nun wollte er wieder weg. Und Max hätte noch so vieles zu fragen.

»Ich wüsste so gern, wie es aussieht in der Erde«, sagte er.

»Wie es aussieht? Pah, das kann man nicht beschreiben. Mit euren Menschengehirnen könnt ihr euch das doch nicht vorstellen.«

»Ist es so schön?«

»Schön?« Kalle Wirsch lächelte nachsichtig. »Es ist großartig, gewaltig, unvergleichbar. – Höhlen und Gänge, schimmerndes Gestein, Spalten und dampfende Schlünde, Quellen, Grotten, dunkle Ströme – ach, Menschengehirne!«

Jenny hörte mit großen Augen zu. »Das möchte ich mal sehen«, flüsterte sie.

»Ich auch«, sagte Max und mit kühnem Entschluss bat er: »Nimm uns doch mit. Nimm uns mit in die Erde.«

»Euch mitnehmen?« Kalle Wirsch schüttelte den Kopf. »Dazu kann ich euch nicht gebrauchen. Das ist viel zu gefährlich für euch.«

»Aber du bist doch dabei.«

»Wenn ich ganz allein ohne mein Volk bin, kann es sogar für mich gefährlich werden.«

»Hast du denn keine Waffe?«, forschte Max.

Bei dieser Frage zuckte Kalle Wirsch zusammen, als hätte er einen Schlag bekommen.

»Keine Waffe?«, wiederholte er nach langem Zögern.

Er wog eine kleine silberne Kapsel auf der Hand, die an einer Kette um seinen Hals hing.

»Hier – –«, sagte er und hielt den Kindern die Kapsel hin, ließ sie dann aber wieder sinken und schüttelte den Kopf. »Ich kann euch das nicht erklären.«

Und als er den ratlosen Blick der Geschwister sah, fügte er traurig hinzu: »Eine Waffe habe ich nicht – das heißt: nicht mehr. Sie ist mir geraubt worden.«

Max spürte sofort, dass zwischen der Kapsel und der geraubten Waffe ein geheimnisvoller Zusammenhang bestehen musste und seine Abenteuerlust wurde dadurch noch verstärkt.

»Wenn das so ist, dann musst du uns erst recht mitnehmen«, rief er. »Vielleicht kannst du uns gebrauchen. Wir haben dir ja schon einmal geholfen.«

»Das stimmt.« Kalle betrachtete die Kinder prüfend. »Habt ihr denn Mut?«

»Natürlich, riesig viel«, beteuerte Jenny.

Und Max, der nicht zurückstehen wollte, wiederholte: »Natürlich, riesig viel.«

Kalle Wirsch hatte sich wieder gefasst, seine Traurigkeit war verflogen.

»Unter diesen Umständen könnte ich die Sache ins Auge fassen«, sagte er. »Allerdings sind noch gewisse Vorbereitungen nötig und ihr müsst auch über manches Bescheid wissen, vor allem über die Erdmännchen. Also hört zu, ich fange gleich an: Wir sind fünf Erdmännchenvölker.«

»Fünf. Für jeden Erdteil ein Volk«, stellte Max fest.

Kalle runzelte die Stirn. »Erdteile!«, wiederholte er. »Wir Unterirdischen teilen die Erde nicht auf. Für uns ist sie ganz und alles hängt zusammen. Erdteile kommen aus den Köpfen der Menschen.«

Der kleine Wirsch schien nicht viel von den Gedanken der Menschen zu halten. Bei jeder Gelegenheit machte er bissige Bemerkungen darüber. Überhaupt hatte sich Kalle sehr verändert, seitdem er sein Gedächtnis zurückgewonnen hatte. Ohne Namen war er verzagt und ohne Selbstvertrauen gewesen; jetzt hatte er seine Würde wieder, jetzt war er wieder der unwirsche kleine Wirschenkönig.

»Fünf Erdmännchenvölker«, fuhr er mit seiner Erläuterung fort.

»Bitte, merkt euch die Namen, ich sage sie euch vor: die Wirsche, die Wolde, die Trumpe, die Gilche und die Murke.«

Max versuchte zu wiederholen: »Die Wirsche, die Wo…, die Wo…«

»Die Wolde«, half Kalle.

»Die Wolde, die Trumpe…« Hier stockte er wieder, dachte angestrengt nach und sagte dann: »…die Milche und die Gurke.«

»Hiii-käckäckäck!« Kalle schüttelte sich vor Empörung. »Milche und Gurke! Du bist selbst so eine Milchgurke. Die Gilche und die Mur-ke. – Wiederhole!«

»Die Gilche und die Murke«, wiederholte Max gehorsam, und Jenny war froh, dass sie die Namen nicht auch aufsagen musste.

Kalle sah grimmig vor sich hin. »Wenn ihr nicht mal die fünf Hauptnamen ohne Stottern und Stammeln herausbringt, wie werdet ihr dann erst an den Vornamen herumlispeln.«

»Hat jedes Erdmännchen einen eigenen Vornamen?«, fragte Jenny.

»Klar, einen Vornamen und den Namen seines Volkes.«

»Und wie viele Erdmännchen gehören zu einem Volk?«, erkundigte sich Max.

»So ein paar Tausend ungefähr«, antwortete Kalle.

Max wollte es genau wissen: »Wie viel Tausend – zweitausend, fünftausend, zehntausend…?«

»Zahlen sind dummes Menschenzeug«, sagte Kalle mit einer wegwerfenden Handbewegung. »Wir Unterirdischen zählen nicht. Was tut es denn zur Sache, wie viel Tausend es sind? – Es sind jedenfalls genug.«

Max wollte ihn nicht wieder zornig machen, deshalb fragte er nicht weiter.

»Es sind jedenfalls genug«, wiederholte Kalle Wirsch mit Nachdruck. »Unterbrecht mich nicht dauernd! – Wir waren bei den Vornamen. Also ich heiße Kalle, wie ihr wisst. Andere heißen Immo, Ykko, Gurru, Zoppo, Tisso, Akki, Mirre, Tarro, Asse, Effo, Larri, Kerre, Xille, Okki, Quarre, Poggo, Iffo, Uggi, Loggo, Fille, Abbo, Narro, Oppi, Jesso, Umme…«

»Und die sollen wir uns wirklich alle merken?«, rief Jenny entsetzt.

»Iggo, Arri, Colle, Mello, Emmo, Xerre, Fokko«, fuhr Kalle beharrlich fort. Es ärgerte ihn, dass er schon wieder unterbrochen wurde. »Hemmo, Orre, Illo, Ukko, Polle, Naggo, Quirre, Uffi, Jümme, Mosso, Tulle. – So, das genügt fürs Erste und nur als Beispiel für die Vielfalt und die Schönheit unserer Namen. Natürlich sollt ihr sie euch merken. Man weiß ja sonst nicht, über wen man redet, wenn man über jemanden redet.«

Jenny seufzte und Max murmelte ziemlich ratlos: »Ja, natürlich.«

Da hatten sie nun einen harmlosen Gartenzwerg gekauft und hinterher war alles sehr verwirrend.

Kalle Wirsch kümmerte sich niemals um die Verlegenheit der andern. Er spazierte mit wichtiger Miene auf und ab und setzte seine Erklärungen fort.

»Gut aufpassen! Jetzt sollt ihr erfahren, was es mit unserer Wanderung durch die Erde auf sich hat: An einem geheimen Ort in der Erde liegt die Wiwogitrumu-Burg.«

»Was für ein Ding liegt da?«

»Die Wiwogitrumu-Burg.« Kalle Wirsch kam dieses schwierige Wort flüssig von den Lippen. »Das ist die Erdmännchen-Burg. Wenn ihr nachdenkt, könnt ihr selbst darauf kommen, woher sie ihren Namen hat. Von den fünf Erdmännchenvölkern nämlich, den *Wirschen, Wolden, Gilchen, Trumpen* und *Murken.* Dorthin also muss ich.«

»Warum?«, fragte Max.

»Weil ich dort einen Kampf austragen muss.«

»Weshalb willst du denn kämpfen und mit wem?«

»Es geht um die Königswürde«, sprach Kalle Wirsch und seine Stimme klang dunkel vor Feierlichkeit.

Und dann erzählte er den Geschwistern von dem alten Brauch des Königskampfes und von Zoppos hinterlistigem Anschlag.

»So ein gemeiner Kerl«, empörte sich Max. »Er wird dich doch nicht besiegen?«

»Das kann niemand voraussagen.«

»Geh einfach nicht hin«, rief Jenny. »Wenn du nicht mit ihm kämpfst, kann er dich auch nicht besiegen.«

»Nach unserem Gesetz muss sich der König zum Kampf stellen, wenn er gefordert wird«, erklärte Kalle Wirsch. »Tut er es nicht, verliert er die Königswürde. Der Schein, der um ihn geleuchtet hat, erlischt. Dann wird sein Gegner zum König ausgerufen.«

»Aber das ist ja schrecklich«, rief Jenny.

»Wieso?«, fragte Kalle Wirsch. »Was ist denn daran schrecklich? Bis jetzt ist überhaupt noch nichts schrecklich, weil ich noch nicht besiegt bin. Schrecklich ist nur, dass ihr so langsam begreift. Wir müssten längst unterwegs sein. – Wollt ihr mit oder nicht?«

»Natürlich wollen wir.«

»Also, dann geht's los.«

»Jetzt sofort?«, fragte Max betroffen. »Aber wir können doch nicht einfach so wie wir sind in die Erde schlüpfen.«

»Wir können doch nicht von zu Hause fortlaufen«, meinte Jenny.

»Hiii-käckäckäck!«, schimpfte Kalle Wirsch. »Schwierigkeiten, nichts als Schwierigkeiten! Ich sage euch, dass ihr könnt.« Er besann sich kurz und sagte dann: »Meinetwegen werden wir den Abend abwarten. Dann haben wir Zeit alles in Ruhe vorzubereiten. Außerdem muss ich noch Raxel für euch besorgen.«

»Raxel? Was ist denn das?«

»Eine Wurzel. Man findet sie an geheimen Stellen unter der Erde. Wenn ihr darauf kaut, werdet ihr klein, so klein wie ich. In eurer jetzigen Größe kann ich euch natürlich nicht mitnehmen. Es gibt zwar genug Hohlräume in der Erde, die Platz für Riesen bieten, aber gelegentlich müssen wir uns doch durch Spalten und enge Stellen zwängen, da ist es schon besser klein und schmal zu sein.«

»Bleiben wir dann klein für immer?«, fragte Jenny besorgt.

»Unsinn, wenn ihr die Wurzel ausspuckt, bekommt ihr eure normale Größe wieder.«

»Und wie ist es mit zu Hause?«, wollte Max noch wissen. »Was werden unsere Eltern sagen, wenn morgen früh unsere Betten leer sind?«

»Leer sind, leer sind«, knurrte Kalle Wirsch. »Sie werden nicht leer sein.«

»Klar werden sie«, widersprach Max. »Wenn wir mit dir unter die Erde gehen...«

»Hört endlich auf mit euren einfältigen Menschengedanken zu denken«, befahl Kalle. »Morgen früh, wenn eure Mutter euch weckt, werden wir schon tief drinnen sein in der Erde, und ihr werdet trotzdem in euren Betten liegen. Ein Wirschenkönig kann eben ein bisschen mehr als ihr. – Wartet ab, was geschieht, und seid heute Abend bei Einbruch der Dunkelheit hier an dieser Stelle. – Abgemacht?«

In diesem Augenblick ertönte die Stimme der Mutter, die nach Max und Jenny rief.

»Wir kommen«, antworteten die Kinder. Kalle Wirsch flüsterten sie zu: »Abgemacht«, und zur Bekräftigung drückten sie ihm noch schnell die Hände, ehe sie ins Haus rannten.

4. Kapitel

Wie man verdoppelt wird

Als Max und Jenny einige Stunden später im Bett lagen, wurde ihnen die Abenteuerlichkeit ihres Vorhabens erst richtig klar. Wunderliche Ideen und Pläne hat man oft einmal, aber sie ausführen, das ist doch etwas anderes.

Max stieg als Erster aus dem Bett und zog sich Hemd und Hose wieder an. Er schielte zurück auf sein Lager, aber das war leer, da lag niemand drin. »Hab' ich doch gleich gewusst«, murmelte er. »Wie kann man denn fortgehen und trotzdem dableiben?«

Jenny hatte inzwischen Rock und Pulli übergezogen. Auch sie betrachtete die leeren Betten ein wenig unsicher. »Er hat es aber gesagt. – Vielleicht kommt es noch.«

»Hoffentlich«, sagte Max. Er steckte sein Taschenmesser ein, außerdem eine kleine Stablampe und eine Schnur. So etwas war immer zu gebrauchen. Man konnte ja nicht wissen, in welche Lage man geriet.

Jenny kramte in ihrer Schublade, ob sie nicht auch etwas Praktisches mitnehmen konnte. Aber da lagen nur Buntstifte, ein paar Murmeln aus Glas und eine Mickymaus-Plakette. Schließlich fiel ihr ein kleiner runder Spiegel in die Hände. Sie hatte damit Sonnenvögel im Klassenzimmer über die Wände blitzen lassen. Ohne viel nachzudenken steckte sie ihn in die Tasche.

Max drängte auch schon. »Los, mach doch! Sonst geht er am Ende ohne uns.«

Niemand im Haus merkte es, als sie in den Garten schlichen. Kalle Wirsch stand bereits am verabredeten Platz. Er hielt zwei Stückchen Schiefer in der Hand, die wie kleine Tafeln aussahen, und erklärte: »Jetzt werdet ihr gespalten.«

»Gespalten?« Jenny riss entsetzt die Augen auf und auch Max überlegte, ob er nicht besser in sein warmes Bett zurückflüchten sollte.

»Was ist denn los?«, fragte Kalle. »Ihr guckt ja so komisch.«

»Tut es sehr weh?«, fragte Jenny.

»Was soll denn weh tun?«

»Na, das ... das Spalten.«

»Quatsch, nichts tut weh, ihr erbarmungswürdigen Feiglinge«, zeterte Kalle Wirsch. »Tut es vielleicht weh seinen Namen aufzuschreiben?«

»Nein, aber...«

»Mehr ist es nicht.« Kalle reichte jedem der Kinder eins der Schiefertäfelchen. »Hier, jeder muss seinen Namen zweimal auf eine Tafel schreiben, einmal auf die linke Hälfte und einmal auf die rechte Hälfte. So viel werdet ihr hoffentlich gelernt haben in eurer Menschenschule.«

»Ja, natürlich, aber...«

»Hiii-käckäckäck«, schrie Kalle Wirsch, »ich höre *aber, aber,* nichts als *aber.* Bei euch fängt jeder Satz mit *aber* an und hört mit *aber* auf. – So geht das nicht weiter. Ihr seid nicht zu gebrauchen. Ich gehe allein.«

»Reg dich doch nicht so auf«, bat Jenny. »Wir wollen

ja alles machen, was du willst. Schau, unsere Namen stehen schon da.«

Kalle prüfte die Schiefertäfelchen eingehend. »Na ja«, sagte er gnädig, »das stimmt wenigstens. – Und jetzt geht's los. Gleich könnt ihr euch wieder wundern und *aber* plärren.«

Er nahm erst das Täfelchen von Max in beide Hände, brach es in zwei Teile und zwar so, dass auf jedem Teil der Name Max stand, dann machte er es mit Jennys Tafel genauso. Dabei sprach er:

»Was vereint war,
wird gespalten,
durch Gewalten
nicht gehalten.
Achtung!
Schlüpft in zwei Gestalten!«

Als das letzte Wort ausgesprochen war, standen wirklich und wahrhaftig zwei Maxe und zwei Jennys nebeneinander, die sich glichen wie Zwillinge.

»Aber das ist ... das ist ja, aber, aber«, stotterten alle vier gleichzeitig.

»Hihiii!«, kreischte Kalle Wirsch, »hab' ich's nicht gesagt? Kaum seid ihr verdoppelt, lasst ihr euer *aber* vierstimmig erschallen.« Er tat wieder recht grimmig, in Wirklichkeit weidete er sich jedoch an der Verwirrung der Kinder.

»Ich verzeihe euch für diesmal«, sagte er. »Ist ja auch ungewöhnlich, zweimal vorhanden zu sein. – So, und jetzt geht ihr zwei marsch ins Bett und ihr zwei folgt mir.«

Zögernd gaben sich die beiden Jennys und die beiden

die Wirkung der Raxel Wurzel

Maxe die Hände. »Macht's gut!«, sagten die einen. »Hoffentlich auf bald«, antworteten die andern.

Es war also genau so, wie Kalle Wirsch gesagt hatte: Sie blieben daheim und gingen doch fort.

»Komisches Gefühl, sich selbst gegenüberzustehen«, meinte Max.

»Ob die auch gut mit unsern Sachen umgehen?«, überlegte Jenny, als die zwei andern im Haus verschwunden waren.

»Aber das sind doch auch wir«, sagte Max.

Kalle Wirsch ließ sie nicht lange ihren Gedanken nachhängen. Er reichte jedem von ihnen ein kleines Wurzelstück. Es war gelb und hatte knotige Auswüchse. »Hier! Das ist Raxel. Kaut das mal!«

Nachdem ihre Verdoppelung so schmerzlos abgelaufen war, hatten die Geschwister mehr Mut bekommen. Sie steckten ohne Zögern ein Stück Raxel in den Mund und begannen zu kauen.

»Klappt ja vorzüglich«, stellte Kalle Wirsch fest. Er beobachtete befriedigt, wie die beiden schrumpften und schrumpften, bis sie so klein waren wie er selbst.

»Darf ich das Raxel mal aus dem Mund nehmen, nur zur Probe?«, bat Max.

Kalle nickte. »Kannst du ausprobieren.«

Max zog die Wurzel aus dem Mund und gleich wurde er so groß wie zuvor. »Das beruhigt mich«, sagte er und schob sein Raxel wieder zwischen die Zähne wie einen Kaugummi, worauf er sofort zusammenschrumpfte.

Kalle Wirsch sagte: »Langsam glimmt in mir die Hoffnung auf, dass es doch gehen wird mit euch. Seit einer

Weile habt ihr nicht mehr *aber* geschrien. Das ist ein Fortschritt.«

Plötzlich veränderte sich seine Stimme. Sie klang jetzt freundlich und aufmunternd, als er weitersprach: »Ich möchte euch noch manches erzählen, aber wir müssen fort. Unterwegs sollt ihr mehr erfahren. – Seht, in diesem Erdloch sind die Wirsche letzte Nacht vor meinen Augen verschwunden. Hier beginnt unsere Wanderung. Habt nur Mut.«

Damit schlüpfte er in das Erdloch und die beiden Geschwister folgten mühelos nach.

5. Kapitel
Die Schattenquelle

Nach wenigen Schritten umgab sie tiefe Finsternis. Im Garten war es noch dämmrig gewesen; in den schmalen Erdgang drang jedoch kein Lichtschimmer.

»Halt!«, rief Max Kalle nach, »warte einen Augenblick, ich kann nichts sehen.«

»Ich auch nicht«, sagte Jenny und tastete nach ihrem Bruder.

»Wieso könnt ihr nichts sehen?«

»Weil hier kein Licht ist.«

»Kein Licht? Hier ist Licht genug«, behauptete Kalle Wirsch.

»Kein Fünkchen Licht ist hier«, widersprach Max. »Alles ist schwarz.«

»Pechrabenschwarz«, bestätigte Jenny.

Langsam begann Kalle zu begreifen. »Eure Augen! Das muss an euren Menschenaugen liegen.«

»Hast du denn andere Augen?«

»Menschenaugen habe ich jedenfalls nicht.« Kalles Stimme klang schon wieder ziemlich ungeduldig. »Mit Menschenzeug hat man immer Ärger«, murrte er. »Mit Menschengedanken hat man Ärger, mit Menschenaugen hat man Ärger...«

»Wir haben halt Tagesaugen, dazu können wir nichts«, verteidigte sich Max.

»Tagesaugen, Tagesaugen!«, schimpfte Kalle. »Halbtagsaugen sind das! – Wie soll ich jetzt mit euch weiterkommen? Ohhhh, es ist vergebens, alles vergebens. Dieser Zoppo Trump wird mich absetzen. Nur weil ich nicht vorankomme mit euch, wird Zoppo Trump König werden.«

Er versank in tiefes Nachdenken. Nach einiger Zeit aber schrie er vergnügt auf: »Die Schattenquelle! Klar, natürlich, ganz selbstverständlich, die Schattenquelle! Seht ihr, man muss nur nachdenken, das hilft immer.«

»Was ist mit der Schattenquelle?«, fragte Jenny.

»Wenn ihr eure Augen darin badet, bekommt ihr einen Blick wie die Unterirdischen. – Schnell, kommt, ich führe euch dorthin.«

»Ich kann aber keinen Schritt gehen in dieser Finsternis«, sagte Jenny, »keinen Schritt.«

»Meine Taschenlampe!«, rief Max. Ihm war plötzlich eingefallen, dass er sie bei sich hatte, und er kramte sie gleich hervor. Sie war natürlich auch geschrumpft, wie alles, was er am Körper trug.

»Nicht unpraktisch«, lobte Kalle, »durchaus nicht unpraktisch.«

»Die Batterie ist leider schon ein bisschen schwach«, sagte Max. »Sehr weit kommen wir nicht damit.«

»Da haben wir's. Kaum ist mal etwas praktisch bei euch, dann ist es auch gleich schwach.«

Max überhörte Kalles Vorwurf. »Wie lange dauert es denn bis zur Schattenquelle?«

»Wie lange?«

»Ja, wie lange? Fünf Minuten, zehn Minuten, eine

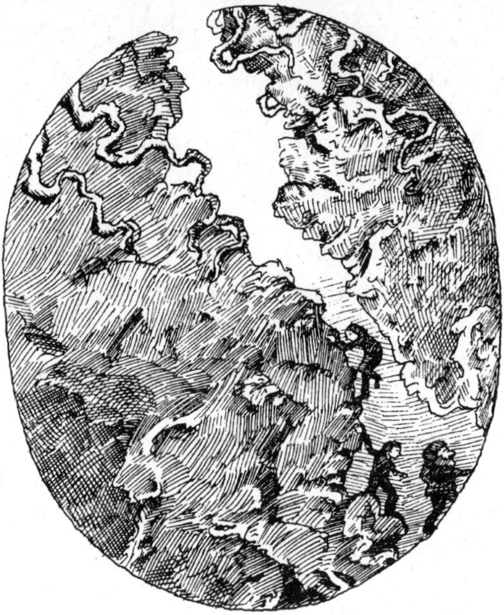

halbe Stunde? Länger als eine halbe Stunde schafft es die Batterie kaum.«

»Fünf Minuten, zehn Minuten, eine halbe Stunde!«, wiederholte Kalle Wirsch kopfschüttelnd. »Da fängst du schon wieder mit eurem dummen Menschenzeug an. Bei uns wird die Zeit nicht gemessen.«

»Und woher wisst ihr, wie lange etwas dauert?«

»Wir wissen es eben immer. Ganz genau wissen wir es. Ob das Minuten oder Stunden sind, spielt keine Rolle.«

»Für meine Taschenlampe spielt das schon eine Rolle«, sagte Max.

Kalle fuhr mit der Hand durch die Luft. »Wenn wir noch viel herumreden, ist Zoppo Trump König, bevor wir die Schattenquelle erreichen.«

Sie setzten sich wieder in Bewegung, Kalle Wirsch voraus, dann Max mit der Taschenlampe und ganz dicht hinter ihm Jenny.

Zuerst stiegen sie steil abwärts und hatten bald die oberste Erdschicht hinter sich, in der sie durch Wurzelwerk und bröckelnde Erde klettern mussten. Es wurde steiniger und schließlich standen sie im reinen Fels. Oft versperrten riesige, undurchdringliche Blöcke ihren Weg, aber Kalle Wirsch fand immer Spalten und Risse, durch die sie schlüpfen konnten. Der kleine Erdmännchenkönig war ganz in seiner Welt und er erwies sich als vorbildlicher Führer.

Geredet wurde kaum etwas, nur Max fragte hin und wieder besorgt: »Sind wir nicht endlich da?«, denn der Schein seiner Taschenlampe begann trüb zu werden.

»Bald, bald«, murmelte Kalle dann zurück, aber die Kinder wussten aus Erfahrung, dass »bald« eine sehr unklare Zeitbestimmung war – und nicht nur bei den Erdmännchen. Wie oft hatten sie schon zu Hause sehnlichst auf etwas gewartet – auf einen Besuch im Tierpark, auf eine versprochene Kahnfahrt, auf ein Paket von Großmutter – und jedesmal hatte man sie vertröstet mit dem unbestimmten »bald«. Dieses »bald« bedeutete immer neue Hoffnungen und neue Enttäuschungen.

Wie lange dauerte das »bald«, das Kalle Wirsch meinte?

Die kleine Birne in der Taschenlampe zeigte nur noch einen rötlich glimmenden Draht, von dem fast keine Helligkeit mehr ausging. Max und Jenny konnten Kalle Wirsch kaum erkennen, der immer ein paar Schritte vor ihnen herlief und zur Eile antrieb. Sie tappten und tasteten halb blind durch die Felswände.

Plötzlich schrie Kalle: »Hört ihr? Jetzt müssen wir gleich da sein. Hört ihr nichts?«

Die Geschwister hielten an und lauschten. Aus dem Gestein drang ein glucksendes Geräusch wie von rieselndem Wasser.

»Die Quelle?«, fragte Jenny.

»Ja, die Schattenquelle. Wir sind da. Nur noch wenige Schritte.«

Das Rieseln und Glucksen wurde stärker und dann fühlten sich die Kinder von Kalle bei den Händen gefasst. Er tauchte ihre Finger in ein kühles Wasser und sagte: »So, nun reibt euch tüchtig die Augen damit aus, bis sie klar werden.«

Max und Jenny beugten sich über die Quelle und rubbelten an ihren Augen herum. Drei-, vier-, fünfmal schöpften sie die Hände voll und brachten frisches Wasser an die Augen. Jedesmal blinzelten sie um zu prüfen, ob sich schon etwas verändert hatte. Sie spürten ein leichtes Brennen, aber sie mussten noch oft Wasser schöpfen, bis sie in der Finsternis Formen und Gestalten wahrnehmen konnten.

»Ich sehe!«, rief Max endlich.

»Ich auch«, sagte Jenny, aber dann wich sie entsetzt zurück, denn was sie außer der Quelle erblickte, erschreckte sie heftig: Seltsame Wesen, ganz platt wie aus schwarzem Papier geschnitten, tummelten sich über der Quelle. Sie rollten sich zusammen und wieder auseinander, sie wellten sich, drehten sich zu Spiralen, schwebten waagrecht in der Luft oder richteten sich steil auf. Manche legten sich flach auf das Wasser oder tauchten unter – und alles vollzog sich ganz lautlos.

»Sind das ... sind das Gespenster?«, wisperte Jenny.

Kalle Wirsch lachte. »Schatten sind das, harmlose Schatten.«

»Was tun die denn hier?«

»Irgendwo müssen sie doch bleiben, wenn auf der Erde kein Licht ist.«

»Willst du damit sagen, dass es Schatten sind, die wir auf der Erde werfen?«, fragte Max.

»Ja«, nickte Kalle, »hier versammeln sich die Menschenschatten. Es gibt andere Quellen, wo sich die Schatten der Tiere, der Bäume und all der anderen Sachen treffen. – Seht sie euch nur genau an, es gibt kleine und große, lange dünne und kurze dicke, solche mit Bäuchen und magere Klappergestelle. Alle, die nicht gebraucht werden, schlüpfen zur Schattenquelle. Eure sind bestimmt auch dabei. Ihr braucht sie ja zur Zeit nicht und eure Zweitausgaben zu Hause schlafen gerade, die haben sie also auch nicht nötig.«

»Woher wissen sie, wenn sie auf der Erde gebraucht werden?«, wollte Max wissen.

»Das spüren sie deutlich. Sie werden dann heftig angezogen, und zwar im gleichen Augenblick. So schnell könnt ihr gar nicht schauen, wie so ein Schatten abflitzt. Er ist immer rechtzeitig zur Stelle, wenn Licht auf etwas fällt, ganz gleich, ob es die Sonne ist oder der Mond oder eine Lampe.«

»In der Sonne wirft man aber den kräftigsten Schatten.«

»Das stimmt. Wenn's recht heiß und sonnig war,

kommen sie auch immer ganz erschöpft angekrochen. Was glaubt ihr, wie ermüdend es ist platt auf heißen Pflastersteinen zu liegen. Sie kühlen sich dann hier an der Quelle.«

Die Geschwister waren so sehr von den Schatten in Anspruch genommen, dass sie ganz vergaßen sich darüber zu wundern, wie gut sie mit einem Mal im Dunkeln sehen konnten.

Als Max jetzt aber Kalle Wirsch anblickte, schrie er laut auf vor Begeisterung. »Jenny, schau doch, wir haben echte Erdmännchenaugen! Ich sehe den Königsschein, der um Kalle Wirsch leuchtet.«

»Den Königsschein? – Wirklich, es leuchtet ganz hell um ihn.«

»Na, habe ich's nicht gesagt?« Der kleine Wirschenkönig wiegte sich tief befriedigt in den Hüften. »Das sind Augen, was? Anders als eure Halbtagsaugen, was? Richtige schöne Ganztagsaugen sind das. Und Ganznachtsaugen natürlich auch.«

»Dürfen wir die für immer behalten?«, fragte Max.

»Das lässt sich vielleicht machen. Vorausgesetzt freilich, dass ihr euch bewährt. – Und damit ihr euch bewähren könnt, wollen wir jetzt weitermarschieren. Ich muss nur noch hören, ob ich etwas über das Volk der Wirsche erfahren kann.«

»Frag doch die Schatten.«

»Die Schatten kann man nicht fragen, die sind stumm, aber die Quellenfröttchen ...« Kalle beugte sich über das Wasser und rief: »Quellenfröttchen, habt ihr die Wirsche gesehen?«

Auf diesen Anruf tauchten aus dem sprudelnden Wasser große grüne Augen, es mochten wohl hundert oder mehr sein. Es schien, als schwämmen sie ganz allein auf der Quelle, aber sie gehörten doch zu zarten, blassen Gesichtern. Sie waren so leuchtend und groß, dass die Gesichtchen beinahe nur aus Augen bestanden.

»Habt ihr die Wirsche gesehen?«, wiederholte Kalle.

»Sie zogen vorbei«, murmelte es zurück.

»Gingen sie den üblichen Weg?«

»Den üblichen Weg.«

»Ich danke euch.«

»Glück und Frieden«, murmelten die Fröttchen. Dann verschwanden die Augen wieder.

Kalle deutete dem unterirdischen Wasserlauf nach, der von der Quelle aus durch die Felsen floss. »Hier müssen wir weiter bis zur Weißen Grotte.«

6. Kapitel

Geheime Nachricht in der Weißen Grotte

Sie folgten dem Bach, der in Windungen durch einen langen Tunnel dahinfloss. Das Gewölbe hing an manchen Stellen so tief herab, dass sie in ihrer Erdmännchengröße gerade noch aufrecht gehen konnten. An der engsten Stelle öffnete sich der Gang plötzlich und sie standen am Eingang zu einer Grotte.

Die Grotte war weiß und ganz angefüllt mit Säulen. Überall ragten Säulen aus dem Boden auf; sogar von der Decke hingen sie herunter. Es rieselte feucht und kühl von den Wänden.

»Das ist eine Tropfsteinhöhle«, erklärte Kalle Wirsch. »Hier könnt ihr mal sehen, was so ein unscheinbarer Wassertropfen vermag. Er tropft und tropft, bis er einen Stein ausgehöhlt hat, aber er kann auch Steine bilden, so wie hier.«

»Wie macht er das, der Wassertropfen?«, fragte Max.

»Mit dem Kalk macht er das. Jeder Wassertropfen enthält ein winziges bisschen Kalk. Wenn ein Tropfen immer auf dieselbe Stelle fällt, pong – pong – pong, ganz langsam, Tag für Tag, Jahr für Jahr, dann verdunstet das Wasser und der feste Kalk bleibt übrig.

Zuerst wachsen kleine Buckel, dann Zapfen und Säulen. – Das braucht natürlich Zeit. Aber wir haben ja so viel Zeit unter der Erde. Wir können warten, bis etwas gewachsen ist. Bei uns muss nicht alles so schnell fertig sein wie bei euch Menschen.

»So sieht eine Tropfsteinhöhle aus«, sagte Max und befühlte die weißen Kalkgebilde. »Das muss ich mir genau ansehen für den Erdkundeunterricht.«

Max kroch durch die Säulenreihen und in die Seitengänge der Höhle, bis Kalle Wirsch rief: »Jetzt ist aber Schluss mit der Erdkunde, komm zurück!«

»Gleich, gleich, ich komme schon«, antwortete Max. Aber dann kam er doch nicht gleich. Er hatte nämlich an einer Wand etwas Merkwürdiges entdeckt, das ihm wie eine fremde Schrift vorkam, die er nicht entziffern konnte.

»Schaut doch mal hierher«, rief er. »Hier steht was an der Wand.«

»Wo steht was?« Sofort eilte Kalle herbei und besah sich die beschriebene Wand.

»Feuerkern, Feuerkern!«, entfuhr es ihm. Das war der Ausdruck für sein allergrößtes Erstaunen; er gebrauchte dieses Wort nur, wenn er sehr erregt war. Es bedeutete so viel wie ›Donnerwetter‹.

»Weißt du, was du da entdeckt hast? Eine hochwichtige Nachricht für mich.«

»Was ist denn das für eine seltsame Schrift?«, fragte Max. »Kannst du das alles lesen?«

»Das sind Geheimzeichen. Die Nachricht lautet: ›Zoppo Trump plant Böses. Gefahr beim Fährmann am See der Finsternis‹.«

»Zoppo Trump? Das ist doch dein Feind«, sagte Jenny.

»Ja.«

»Und was ist mit dem Fährmann am finsteren See?«

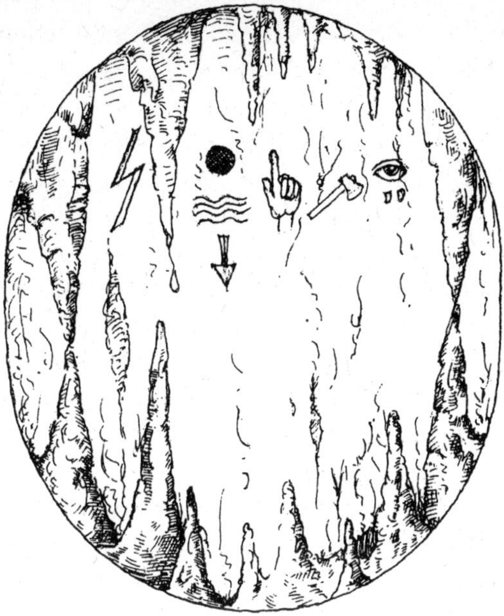

»See der Finsternis«, verbesserte Kalle. »Wartet ab – alles zu seiner Zeit.« Dann suchte er die übrigen Wände ab und murmelte wieder: »Feuerkern, Feuerkern. Wo hatte ich denn meine Augen!«

An mehreren Stellen in der Grotte waren kleine Zeichen angebracht, die zu dieser Nachricht führten; Kalle hatte sie übersehen. Er blinzelte Max anerkennend zu. »Neugierige Schüler sind doch manchmal recht wertvoll, scheint mir.«

»Sag uns doch, was mit diesem Fährmann los ist«, drängte Max. »Wir müssen vorbereitet sein, wenn uns eine Gefahr droht.«

Sie hatten die Tropfsteinhöhle inzwischen verlassen und wanderten wieder durch trockenes Gestein.

Kalle hielt an. »Lasst uns hier eine kleine Rast machen. Es ist vielleicht wirklich besser, wir besprechen noch einiges.«

Er suchte sich eine Felsstufe als Sitzplatz und die Kinder hockten sich erwartungsvoll neben ihn.

»Hast du eine Ahnung, wer die Warnung an die Wand geschrieben hat?« fragte Max.

»Bis jetzt erkenne ich es noch nicht. Jedenfalls war es einer meiner guten Freunde. Allem Anschein nach stellt mir Zoppo Trump Fallen. Er legt es darauf an, mich aufzuhalten; denn wenn ich nicht rechtzeitig erscheine, hat er den Kampf mit mir gespart und wird König.«

»Siehst du, es ist gut, dass du uns mitgenommen hast«, sagte Max. »Wenn dir dieser Zoppo Fallen stellt, dann brauchst du jemanden, der dich herausholt.«

»Erinnere mich nicht an den Gartenzwerg!«, schrie Kalle Wirsch. »Wenn ich daran denke, werde ich rasend.«

»Zoppo Trump muss erfahren haben, dass du befreit worden bist, sonst hätte der doch keinen weiteren Anschlag geplant«, überlegte Jenny.

»Du denkst richtig«, lobte Kalle Wirsch. »Ich frage mich nur, welche Gefahr uns von dem blinden Fährmann drohen soll.«

»Blind?«, riefen die Kinder.

»Ja, er ist blind. Unzählbar viele Jahre lebt er schon am See der Finsternis. Das Wasser ist schwarz, die Felswände sind schwarz, sein Boot ist schwarz und all das Schwarze hat seine Augen im Lauf der langen Zeit immer schwächer werden lassen, bis er ganz erblindet ist.«

»Der Arme«, sagte Jenny mitleidig.

»Zu beneiden ist er gerade nicht«, stimmte Kalle Wirsch zu. »Früher lebte er im Meer; er stammt nämlich von den Meermenschen ab. Aber er hat vor langer Zeit eine schwere Schuld auf sich geladen. Deshalb wurde er auf diesen See verbannt. Mehr weiß ich nicht darüber.«

»Und was tut er auf dem schwarzen See?«

»Nun ja, er ist Fährmann. Seine einzige Aufgabe besteht darin, hin- und herzurudern und alle überzusetzen, die ans andere Ufer müssen. Er verlässt sein Boot nie. Er wohnt darin, schläft darin, isst darin.«

»Essen? Was isst er denn?«, erkundigte sich Jenny.

»Fische. Er hat ein großes Netz in seinem Boot, das zieht er hinter sich her, wenn er durch den See rudert. Darin bleiben genug Fische hängen.«

»Und die brät er dann?«

»Ach was, braten! Die verspeist er roh, so wie sie aus dem Wasser kommen. Die Fische sind übrigens genauso blind wie er.«

»Scheußlich«, entfuhr es Max. Die Vorstellung, dass ein blinder Fährmann blinde Fische roh verschlingt, war ihm unangenehm, und gleichzeitig kam ihm ein anderer Gedanke, der ihn ebenfalls beunruhigte: »Sag mal, Kalle, wie ist das überhaupt mit dem Essen? Wir haben kein bisschen Verpflegung mitgenommen.«

»Wieso? Hast du Hunger?«

»Noch nicht, aber ich kriege garantiert bald welchen.«

»Woher weißt du das?«

»Weil ich immer Hunger kriege.«

»Gekriegt habe, meinst du«, berichtigte Kalle Wirsch. »Ich sage ›gekriegt habe‹, weil du jetzt keinen mehr kriegst. Das ist ein zweiter Vorteil des Raxel-Kauens:

Man bekommt keinen Hunger. Was sollte ich auch anbieten hier unten? – Oder habt ihr Appetit auf blinde Fische?«

»Oh, vielen Dank«, sagte Max und kaute heftig auf seinem Raxel um eine Übelkeit zu unterdrücken.

»Aber ihr Erdmännchen?«, wollte jetzt Jenny wissen. »Was esst denn ihr?«

»Wir? Hoho, wir essen köstliche Sachen, hochfeine Speisen, seltene, würzige Gerichte.« Kalle Wirsch kicherte genüsslich in sich hinein. »Wenn ich an unser letztes Mahl denke, hoho!«

»Wann war denn das?«, fragte Jenny.

»In der Erdmännchen-Burg.«

»Ich meine, *wann* es war.«

»Wann das war? Unser letztes Mahl? Das habe ich doch gerade gesagt: in der Erdmännchen-Burg.«

»Ich habe nicht gefragt, *wo*, ich habe gefragt, *wann*.«

»Wo und wann ist in diesem Fall genau dasselbe«, erklärte Kalle und seine Stimme schwankte schon wieder bedenklich vor Ärger. »Alles muss man ihnen erklären«, schimpfte er, »nichts wissen sie, nicht die allerkleinste, allerbekannteste Tatsache! – Ich wiederhole: Wo und wann wir zuletzt gemahlt haben – ich meine geäst – hiiikäckäckäck, da habt ihr's! Wenn ich mich aufrege, kann ich nicht richtig denken. Also, seit unserem letzten Festessen in der Burg ist der Mond zwölfmal voll und rund gewesen.«

Max und Jenny sahen sich ungläubig an. »Aber das ist ja fast ein ganzes Jahr her!«, rief Jenny. »Das gibt's doch nicht. So lange hält es kein Mensch aus.«

»Ein Mensch nicht«, sagte Kalle hochmütig. »Natürlich hält es kein Mensch so lange aus. Wir Erdmännchen hingegen essen nur einmal in zwölf Monden – und auch das nur, weil es uns Spaß macht und weil Versammlungen langweilig sind, wenn man dabei nicht an einer Tafel sitzt und tafelt.«

»Was esst ihr denn zum Beispiel?«, fragte Jenny.

»Hoho«, machte Kalle wieder und wiegte seinen Wuschelkopf in Vorfreude. »Da gibt's geröstete Heuschrecken und Mottenklöße, Regenwürmer in Honig gebraten, gesottene Ahornwurzeln in Erdölsoße, gespickten Hirschkäferrücken, Tausendfüßlerpasteten …«

»Hör auf!«, stöhnte Jenny. »Wer kann das denn essen? Das verträgt mein Magen nicht einmal beim Anhören.«

»Menschenmägen«, knurrte Kalle Wirsch.

Auch Max verspürte ein inwendiges Kribbeln, wenn er an Tausendfüßlerpasteten dachte, deshalb lenkte er das Gespräch schnell von den Erdmännchenspeisen ab und fragte:

»Ihr trefft euch also einmal im Jahr in eurer Burg?«

»Genauso ist es. Dann kommen die fünf Völker zusammen. – Wie heißen sie doch noch?« Kalle bohrte seinen Zeigefinger in Jennys Schulter wie ein strenger Schulmeister.

»Die Wirsche, die Wolde, die Gilche, die Trumpe und die Murke«, antwortete Jenny.

»Aha, das sitzt ja. Habt ihr auch den Namen der Burg behalten?«

»Wiwogitrumu-Burg«, brachte Max mühsam heraus.

Kalle Wirsch war wieder zufrieden und Max dachte

neidvoll an diese großartige Einrichtung, nur einmal im Jahr essen zu müssen. Essen nahm so viel Zeit weg. Immer wurde man zum Essen gerufen, wenn man gerade mit etwas ganz Wichtigem beschäftigt war.

Kalle stand auf und beendete die Rast. »Es dauert nicht mehr lange bis zum See der Finsternis. Vorbereiten können wir nichts, weil wir nicht wissen, was uns erwartet. Wir müssen nur wachsam sein.«

Damit setzte er den Weg fort. Max und Jenny trotteten hinter ihm her.

7. Kapitel
Am See der Finsternis

Der Schacht, in dem sie weitergingen, führte wieder an einen schmalen unterirdischen Wasserlauf. Wie lange sie diesem folgten, konnten die Geschwister nicht ausmachen; sie begannen allmählich das Gefühl für die Zeit zu verlieren. Sie liefen Kalle Wirsch nach und machten sich keine Gedanken über die Gefahr, die ihnen drohte. Ihr Vertrauen in den Wirschenkönig gab ihnen die Zuversicht, dass schon alles gut gehen würde. Endlich blieb Kalle stehen. »Merkt ihr was? Es wird immer dunkler. Seht ihr die schwarzen Felsen? Wir müssen gleich am See sein. Größte Vorsicht jetzt!«

Es war wirklich so finster geworden, dass sie trotz ihrer Nachtaugen nur schwache Umrisse der Gegend erkennen konnten. Der See lag vor ihnen, glatt wie schwarzer Marmor, und die Felswände ragten nach allen Seiten senkrecht aus dem Wasser auf. Kein Weg führte um den See herum. Es gab nur zwei schmale Anlegeplätze für das Boot, einmal dort, wo der Bach einmündete, und da, wo er wieder hinausfloss. Zwischen diesen beiden Stellen ruderte der blinde Fährmann hin und her; denn die meisten Wesen in der Erde scheuten das Wasser und konnten ohne Fährboot nicht auf die andere Seite gelangen.

Kalle Wirsch lauschte in die reglose Finsternis, dann

legte er beide Hände um den Mund und rief: »Fährmann, hol über!«

»L-über – über – über« kam das Echo von den Wänden zurück. Sonst nichts.

»Hol über!«, rief Kalle ein zweites Mal.

Da planschten Ruderschläge dicht vor ihnen im Wasser und aus all der Schwärze löste sich ein bleicher Körper, der sich auf sie zu bewegte, unförmig, quallig, aufgedunsen.

»He, wer ruft?« Der Fährmann streckte den dicken Kopf mit den blinden Augen lauernd vor.

Er stand aufrecht im Boot, das er mit einem Stehruder am Heck vorwärts brachte. Um seinen Bauch schlotterten Fetzen eines dunklen Gewandes. Das Einzige, woran man seine Herkunft von den Meermenschen erkennen konnte, waren froschartige Hände und ein paar grüne Haare, die ihm in dünnen Strähnen vom Kopf hingen.

Jetzt wurde es den Kindern doch unheimlich zu Mute. Kalle aber trat dicht ans Wasser und antwortete:

»Ich bin's, Kalle Wirsch, König der Erdmännchen. Hol über, Fährmann!«

Eine Weile erfolgte gar nichts. Man hörte nur Ruderschläge und den pfeifenden Atem des Fährmanns.

»Pfüüüh, Kalle Wirsch«, pfiff er schließlich. »Wer's glaubt, wer's glaubt. – Die Erdmännchen sind längst über meinen See gezogen. Drei Boote voller Wirsche habe ich hinübergerudert.«

»Wann?«, fragte Kalle schnell.

»Vor kurzem, mag sein. Oder vor langem, mag auch sein. – Was weiß ich!«

»Aber Kalle Wirsch war nicht dabei«, sagte Kalle. »Haben sie das nicht gewusst?«

DER FÄHRMANN

»Gewusst, gewusst!«, pfiff der Fährmann. »Im ersten Boot wussten sie, dass der König am Schluss war, im zweiten Boot wussten sie, dass er vorn war, im letzten Boot wussten sie, dass er in der Mitte war. Gewusst, gewusst, pfüüüh.«

Plötzlich straffte er seinen Rücken und fragte gespannt: »Bist du wirklich Kalle Wirsch?«

»Ja, leider«, antwortete Kalle. »Mir wär's auch lieber, ich befände mich dort, wo ich hingehöre.«

»Ich soll dich also hinüberrudern?«

»Deshalb habe ich dich gerufen.«

»Und du bist allein?« Die blinden Augen schossen in seinem Kopf hin und her und die Nase schnupperte misstrauisch zum Ufer hin.

Kalle tauschte einen raschen Blick mit Max und Jenny, legte seine Finger auf die Lippen und sagte: »Wer sollte bei mir sein? Mein Volk hast du ja schon vorausgerudert.«

»Allein also, allein, ganz allein, das ist gut, so kann's gehen«, murmelte der Fährmann.

»Was meinst du damit?«, fragte Kalle.

»Ich meine, ich meine, dass die Fuhre diesmal nicht so mühsam wird.«

Schwerfällig schob sich der schwarze Kahn auf den Ufergrund.

Kalle sprang hinein, Max und Jenny stiegen zögernd nach. Sie versuchten ganz geräuschlos aufzutreten und sie machten es auch, so gut sie konnten, aber am liebsten hätten sie keinen Fuß in dieses unheimliche Boot gesetzt. Ihr Mut war angesichts des grässlichen Fährmanns geschwunden. Obwohl sie wussten, dass er nicht sehen konnte, fühlten sie sich von seinen unstet irrenden Augen verfolgt und glaubten sich jeden Augenblick entdeckt.

»Bist du drin?«, fragte der Fährmann.

»Ja«, antwortete Kalle.

»Mir ist, als seien mehr als zwei Füße eingestiegen.«

»Das schien dir so, weil ich mich auf meine beiden Hände gestützt habe.«

»Gestützt! So, mag sein, gestützt, pfüüüh.« Er schnüffelte wieder argwöhnisch herum, schien sich dann zu beruhigen und packte das Ruder.

»In der Mitte«, murmelte er, während er abstieß, »am besten in der Mitte, wo's am tiefsten ist.«

»Was redest du da?«, fragte Kalle und wechselte einen besorgten Blick mit Max und Jenny.

»Ich sage, wir rudern am besten über die Mitte des Sees.«

»Das tust du doch immer.«

»Gewiss, jedoch immer ist nicht immer gleich, gewissermaßen vom Grunde her gesehen, sozusagen, gromtschumalim, pfüüüh.«

Der Rest dieser dunklen Rede ging in unverständliches Blubbern und Pfeifen über.

»Ich hab Angst«, wisperte Jenny. Sie konnte einfach nicht mehr still sein.

Der Fährmann hob seinen Kopf: »Du musst lauter reden, sonst verstehe ich dich nicht.«

»Es war nichts Wichtiges«, sagte Kalle Wirsch, »ich habe mehr zu mir selbst gesprochen.«

Eine Weile ruderten sie stumm durch die schwarzen Fluten. Dann plötzlich platschte etwas Schweres ins Wasser und das Boot ruckte so unerwartet, dass Max aufschrie.

»Was gibt's da zu schreien?«, fragte der Fährmann geringschätzig. »Ein König schreit nicht so feige, wenn ein Anker geworfen wird. Es ist gut, dass jetzt Schluss gemacht wird mit dieser Art von Königen.«

»Ich verstehe überhaupt nichts mehr«, sagte Kalle. »Warum hast du mitten auf dem See den Anker geworfen?«

»Gleich wirst du verstehen, gleich.« Der Fährmann ließ das Ruder los und tappte in die Mitte des Bootes. »Wir sind allein, er und ich, ganz allein. Jetzt werde ich ihn fangen und ein bisschen über die Bordwand halten, so – am ausgestreckten Arm, und ihn dann ein bisschen loslassen, so – den kleinen Nichtschwimmer.«

Das also meinte die geheime Nachricht mit der ›Gefahr‹. Kalle Wirsch sollte im See der Finsternis ertränkt werden.

»Nein!«, schrie Jenny, die nicht länger an sich halten konnte, »das darfst du nicht tun, du Scheusal.«

Der Fährmann fuhr herum. »Verrat!«, kreischte er. »Da ist noch jemand. Gemeiner Verrat, einen blinden alten Mann zu hintergehen! Aber macht nichts, macht durchaus nichts. Dann hopsen eben zwei in den See oder drei oder vier. Im Boot entkommt ihr mir nicht, ihr Knirpse.«

Er tobte so wütend umher, dass der Kahn bedenklich schwankte. Seine Hände grapschten nach allen Seiten und Kalle, Max und Jenny mussten von einer Ecke in die andere flüchten um seinem Zugriff zu entgehen.

Obwohl sie Unheil erwartet hatten, war doch alles so

überraschend gekommen, dass Kalle nicht schnell genug einen Plan zur Rettung bereit hatte.

Sie standen jetzt aneinander geschmiegt unter der Bank am Bug des Bootes. Max fingerte in der Hosentasche nach seinem Messer, weil das die einzige Waffe war, die er mitgenommen hatte; da fiel Kalles Blick auf ein Stück Schnur, das Max in der Aufregung mit aus der Tasche gezogen hatte – und sein Plan war gefasst.

»Schnell, nehmt das Raxel aus dem Mund! Fesselt ihn!«

Die Kinder spuckten rasch ihre Wurzeln aus und steckten sie in die Tasche. Dann sprang Kalle Wirsch dem Fährmann zwischen die Beine, dass dieser stolperte und der Länge nach auf die Planken stürzte. Sofort waren die Geschwister über ihm und ehe er sich wehren konnte, hatte ihm Max die Hände auf dem Rücken zusammengebunden.

Als sie klein waren wie Erdmännchen, war ihnen der Fährmann wie ein Riese erschienen. Aber nachdem die Kinder wieder ihre richtige Größe hatten, sahen sie, dass sie ihn sogar um einige Zentimeter überragten. Sie wurden zu zweit leicht mit ihm fertig, zumal er sich nach dem Sturz nicht so schnell aufrappeln konnte.

Die Schnur erwies sich als lang genug. Max konnte ein Stück davon abschneiden und dem Fährmann auch noch die Füße fesseln. Der wälzte sich und schäumte vor Wut.

Jenny, die im Augenblick der Gefahr mutig zugepackt hatte, ließ sich schluchzend auf die Bank sinken. Sie hatte ganz weiche Knie bekommen und brachte kein Wort heraus. Auch Kalle Wirsch und Max spürten die

Aufregung in allen Gliedern und so hockten sie eine Weile schweigend um den gefesselten Fährmann.

Kalle Wirsch stand als Erster auf und tippte dem Gefangenen mit seiner Fußspitze an die Stirn. »Siehst du, so geht es einem, wenn man freundliche Leute schädigen will – wobei der Ausdruck *schädigen* sehr mild gewählt ist, wie du zugeben musst.«

Der Fährmann schnaubte und spuckte um sich, aber Kalle Wirsch kümmerte sich nicht darum. »Mich interessiert vor allem, warum du das tun wolltest«, fuhr er fort. »Hat dir jemand den Auftrag gegeben?«

Wieder kam nur ein Schnauben und Prusten als Antwort, dabei warf sich der Gefesselte so heftig hin und her, dass das Boot gefährlich schaukelte.

»Es wäre besser ans Ufer zu rudern. Du kannst das Verhör doch dort fortsetzen«, schlug Max vor.

»Ich hätte diese unerfreuliche Sache am liebsten an Ort und Stelle abgewickelt – da, wo der See am tiefsten ist, wenn du weißt, was ich meine.« Die letzten Worte waren an den Fährmann gerichtet, der sofort aufheulte und sich noch ungestümer herumwälzte, bis das Wasser ins Boot schlug.

Jenny schrie entsetzt auf: »Lass uns weg von hier, ich will weg von diesem See. Er wird uns noch hineinstürzen.«

Offensichtlich legte es der Fährmann darauf an, sie aus dem Gleichgewicht zu bringen, und es war wirklich das Beste, so schnell wie möglich das Ufer anzusteuern.

Während sie Halt suchten, zogen sie den Anker herauf, und Max ergriff das Ruder. Er hatte nie zuvor ein

Boot mit einem Stehruder gefahren, aber er verstand sich meistens sehr schnell auf alles und nach einigen Versuchen brachte er das Boot geschickt vorwärts.

Jenny und Kalle bemühten sich den Fährmann zu bändigen, indem sich Jenny auf seinen Rücken kniete und Kalle Wirsch ihn an den grünen Haaren zog, wenn er unruhig wurde.

So gelangten sie ohne weiteren Zwischenfall auf die andere Seite des Sees. Max steuerte das Boot in die schmale Bucht und vertäute es an einem Pflock. Jetzt hatten sie endlich wieder festen Boden unter den Füßen. Der Kahn lag im seichten Uferwasser. Nun mochte der Gefangene sich wälzen, wie er wollte, er konnte keinen Schaden mehr anrichten.

»Gib jetzt Antwort«, herrschte Kalle den Fährmann an. »Wir können nicht viel Zeit mit dir vergeuden. Also, wer hat dir diesen schändlichen Auftrag erteilt?«

Der Fährmann schien seine hoffnungslose Lage zu erkennen, er gab allen Widerstand auf und jammerte: »Schone mich. Mein Leben steht auf dem Spiel.«

Kalle Wirsch blickte ihn verächtlich an: »Mein Leben hat auch auf dem Spiel gestanden. – Aber ich brauche deine Antwort nicht, ich will dir sagen, wer es war: Zoppo Trump.«

Bei diesem Namen winselte der Fährmann auf: »Er wird sich rächen, dass ich seinen Auftrag nicht ausgeführt habe. Wenn er erst König ist, wird er sich bitter rächen.«

»Wer sagt dir, dass er König wird, du Tropf?«

»Er selbst.«

»Und du glaubst ihm?«

»Wie sollte ich ihm nicht glauben, da er mir doch einen so herrlichen Lohn versprochen hat.«

»Welchen Lohn?«

Der Fährmann fuhr sich mit der Zunge über die Lippen, seine blinden Augen begannen zu kreisen und er sagte verzückt: »Ich soll Wächter werden am Delphinenteich in der Erdmännchen-Burg. Und neue Augen soll ich bekommen, ganz neue, meergrüne.«

»Was sollst du werden?« Kalle traute seinen Ohren nicht.

»Wächter am Delphinenteich? Bist du sicher, dass Zoppo Trump Delphinenteich gesagt hat?«

»Gewiss, das hat er gesagt. – Oh, wie glücklich wäre ich. Die Delphine sind die Lieblingstiere der Meermenschen.«

»Du Narr«, sagte Kalle, »es gibt keinen Delphinenteich in der Erdmännchen-Burg. Nicht einmal einen Krötentümpel. – Und neue Augen ...!« Kalle schüttelte den Kopf. »Betrogen hat er dich, wie er alle betrügt, dieser Schwätzer.«

Während Kalle sprach, war der Fährmann immer mehr in sich zusammengesunken. »Keine Erlösung«, stöhnte er, »es gibt also keine Erlösung, bevor alles abgebüßt ist.«

»Von was sprichst du? Was muss abgebüßt sein?«

»Meine Strafe. Sie haben mich verbannt, weil ich meinem Stamm den Treueschwur gebrochen habe.«

Und dann erzählte er seine Geschichte, die traurig genug war: Aus Feigheit hatte er einst seine Brüder im Kampf gegen ein Ungeheuer verraten. Viele wurden dadurch in Tod und Verderben gestürzt. Seitdem büßte er auf dem See in der Tiefe.

»Ich darf nicht eher zu den Meinen zurückkehren, bis

ich bewiesen habe, dass man meinem Schwur wieder trauen kann. Zehntausend Schwüre muss ich halten. Wenn ein Einziger gebrochen wird, ist alles vergebens.«

»Wem gelten diese Schwüre?«, fragte Kalle.

»Jedem, der über meinen See zieht und mir ein Versprechen abnimmt.«

»Kommt das oft vor?«

»O nein, wer sollte mich schon um etwas bitten. Selbst Zoppo Trump hat nicht gebeten. Er hat befohlen und mir Lohn versprochen. In den unzähligen Jahren, die ich an dieses Boot gebannt bin, habe ich erst 289 Mal Gelegenheit gehabt mich zu bewähren. Bis zu zehntausend ist es noch lange, lange.«

Kalle Wirsch bedachte sich eine Weile, dann sagte er: »Erwarte keine Gnade von mir. Du hast mir nach dem Leben getrachtet.«

Wieder jammerte der Fährmann laut auf: »Wenn du ausführst, was du vorhast, wenn du mich gefesselt in den See wirfst, werde ich niemals erlöst. Mit gebundenen Händen und Füßen kann auch ein Meermann nicht schwimmen. Ich werde auf den Grund sinken und dort ohne Hoffnung leben bis ans Ende meiner Tage.«

»Das ist es, was du verdient hast«, sagte Kalle ungerührt. »Kommt, lasst uns auf den See zurückrudern und diese Sache zu Ende bringen.«

Max und Jenny hatten die Beichte des verbannten Meermannes mit Schaudern angehört. Unbarmherzig waren die Unterirdischen und die Wesen im Meer; hart waren ihre Strafen. Auch Kalle Wirsch zeigte keine Gnade. Und obwohl der Fährmann übel an ihnen gehandelt hatte, tat er ihnen fast Leid.

»Lass es gut sein«, bat Jenny. »Er leidet genug und er kann uns jetzt nicht mehr schaden.«

»Ein Verräter schadet immer«, sagte Kalle kurz.

»Du könntest ihn aber mit einem Schwur binden«, rief Max. »Wenn er ihn bricht, trifft er sich selbst.«

»Verlangt von mir, was in meiner Macht steht«, flehte der Fährmann.

Kalle zögerte. Mitleid war ihm fremd. Er verstand die Kinder nicht, aber er tat ihnen den Willen: Sie hatten ihr Leben für ihn gewagt, dafür hatten sie das Recht ein anderes Leben zu fordern.

»So schwöre, dass du uns durch kein Wesen nachstellen lässt und niemandem verrätst, dass wir den See überquert haben«, befahl er.

»Ich schwöre bei meiner Erlösung.«

Max knüpfte ihm die Fesseln auf und der Fährmann erhob sich mühsam.

So schwer es König Kalle fiel, einen Feind zu schonen, so lästig war es ihm auch, Dank von ihm anzunehmen. Deshalb winkte er den Kindern ihm rasch zu folgen. Ehe der Fährmann noch ein weiteres Wort sagen konnte, waren die drei im Eingang zu dem Schacht verschwunden, der beim Anlegeplatz in die Felsen führte. Dumpf und entfernt hallten ihre Tritte, bis sie sich ganz verloren.

8. Kapitel

Der wunderliche Kohlen-Juke

»Ich kann nicht mehr weiter«, erklärte Jenny. »Ich bin so schrecklich müde.«

Seitdem sie den See der Finsternis verlassen hatten, waren sie ein weites Stück durch Tunnel und Felsgänge gewandert. Die Geschwister hatten auch wieder ihre Raxel in den Mund stecken müssen, denn die Gänge waren so schmal, dass sie nur in der Erdmännchengröße hindurchschlüpfen konnten.

Jetzt waren sie in einer kleinen Höhle angekommen und Jenny ließ sich auf den Boden sinken. »Ich kann nicht weiter«, wiederholte sie.

Kalle nickte. »Ein kurzer Schlummer täte uns gut. Ihr habt euch ja recht wacker gehalten.«

Aus Kalles Mund war das ein sehr großes Lob. Die Kinder hatten sich inzwischen an seine barsche Art gewöhnt und sie freuten sich über diese Anerkennung.

Alle drei kauerten sich zum Ausruhen an die Wand der Höhle. Jenny schlief augenblicklich ein. Max aber war zu erregt, er musste noch mit Kalle reden.

»Wenn Zoppo Trump so ein Lügner ist, warum wollen ihn dann die andern Erdmännchen als König haben?«, fragte er. »Die wenigsten wollen ihn. Seine Trumpe unterstützen ihn natürlich.«

»Warum wird bei euch der Stärkste König und nicht der Beste?«

Kalle machte eine unbestimmte Handbewegung. »Das ist ein altes Gesetz. Es ist leichter den Stärkeren zu erkennen als den Besseren. Ihr Menschen erwählt euch ja auch nicht immer die Besten zu euren Herrschern.«

»Und was wird aus dem Fährmann?«

»Was soll schon aus ihm werden? Er wird fahren und fahren, bis seine Buße erfüllt ist.«

»Aber das kann ja ewig dauern.«

»Ewig?« Kalle lächelte. »Ein paar Tausend Monde sind bei uns noch nicht ewig.«

Max dachte mit Schaudern zurück an den schwarzen See, auf dem ihm jede Minute wie eine Ewigkeit erschienen war. Dort musste er ausharren, der bleiche, blinde Fährmann, der in Wirklichkeit ein Meermensch war.

»Weißt du, Kalle«, setzte er seine Gedanken laut fort, »es war natürlich gemein von ihm, dass er dich in den See werfen wollte, aber Zoppo Trump ist viel gemeiner. Der hat ihn dazu angestiftet. Stell dir vor, du musst da unten leben wie der Fährmann, und nun verspricht dir einer dich 'rauszuholen und dir neue Augen zu geben. Dafür würdest du bestimmt vieles tun, vielleicht sogar etwas Böses.«

»Du vergisst, dass man sein Schicksal nicht verbessern kann, indem man eine neue Schuld auf sich lädt.«

Kalle Wirsch sprach wie zu einem Erwachsenen, nicht wie zu einem Kind, und Max war noch dazu ein sehr müdes Kind. Er merkte plötzlich, wie schläfrig er war, denn er konnte den Sinn dieses Satzes nicht mehr erfassen. Schicksal ... Schuld ... Die Gedanken begannen in seinem Kopf zu kreisen und gingen in Träume über.

Da legte auch Kalle Wirsch seinen kleinen runden

Wuschelkopf an die Felswand und fiel in einen Erdmännchenschlaf, der ganz tief war, in dem er aber dennoch hellhörig blieb für alles, was um ihn vorging.

Er erwachte als Erster und während er noch halb im Liegen zum Gewölbe der Höhle hinaufblinzelte, entdeckte er dort oben ähnliche Geheimzeichen wie in der Weißen Grotte. Er weckte Max und Jenny und zeigte ihnen die Zeichen.

»Diesmal lautet die Nachricht günstig«, sagte er. »Da steht: Kohlen-Juke ist harmlos.«

»Kohlen-Juke? – Wer ist denn das schon wieder?«

»Von dem brauche ich euch nicht viel zu erzählen. Wir werden bald durch sein Kohlengebiet kommen, dann seht ihr selbst, was das für ein Sonderling ist. Ich bin froh, dass er sich nicht mit Zoppo Trump verbündet hat. Wäre schade gewesen um den netten Kerl. Ich schätze, er wird entzückt sein euch zu treffen.«

»Wieso uns?«

»Weil er töricht genug ist die Menschen zu bewundern.«

»Zu bewundern?«

»Ja, er bewundert euch und verehrt euch und ich weiß nicht was alles. Aber sonst ist er wirklich ein netter Kerl.«

Sonst! – Kalle Wirsch fühlte sich verpflichtet diesen Juke zu entschuldigen, gerade so, als sei es eine Entgleisung, die Menschen zu bewundern. Kalles Geringschätzung war offenbar nicht zu beseitigen, auch wenn er vor Max und Jenny jetzt mehr Achtung hatte.

Die Geschwister wussten, dass es am klügsten war, solche Bemerkungen zu überhören. Deshalb sagte Max:

»Diese geheimen Nachrichten finde ich toll. Wie die Zeichen bloß da oben an die Decke gekommen sind? So hoch hinauf kann man ja gar nicht klettern an der steilen Wand.«

»Ich kann mir fast denken, wer unser Helfer ist«, sagte Kalle Wirsch, aber er verriet es nicht. »Seid ihr übrigens wieder frisch?«

»Ganz ausgeschlafen«, bestätigten die Geschwister.

»Dann kann's ja weitergehen.«

Das Gestein wurde brüchig und aus der Ferne hallte ein gleichmäßiges Klopfen.

»Das ist er«, sagte Kalle Wirsch.

»Juke?«

»Ja. Er schürft Kohle.«

»Es riecht schon danach«, stellte Jenny fest, und als sie mit dem Zeigefinger die Wand entlang fuhr, wurde er ganz schwarz.

Kohlen-Juke, den sie bald darauf fanden, war ein lustiger Kerl mit einem Pelz wie ein Maulwurf. Er steckte in einem knapp sitzenden schwarzen Wams und trug eine helmartige Kopfbedeckung. Sein von Natur aus weißes Gesicht war rußverschmiert, nur die Augen blitzten hell und neugierig.

»Wer nähert sich?«, rief er mit einer hohen Stimme.

»Ich bin's, Kalle Wirsch, König der Erdmännchen.«

»Kalle Wirsch? Soso, so was, ja so, so ja. So? – Ich werde noch verrückt. So ... so ... so...«

»Was fehlt dir, Kohlen-Juke?«

»Ein Wort, ein einziges Wort, und dann die Geschichte, die alle Wörter verbindet. Sobald, sowohl, sogleich. – Ich werde noch verrückt.«

Den Kindern schien es, als brauchte er gar nicht erst verrückt zu werden, aber Kalle Wirsch kannte sich in diesen Reden offenbar besser aus. Er blieb ganz geduldig. »Nur Mut«, sagte er. »Du hast es noch jedesmal geschafft. Wir wollen dich auch nicht stören. Wir haben's selbst eilig. Erlaubst du, dass wir über deine Kohlenhalde steigen?«

»Nein, niemals«, schrie Juke ganz unerwartet. »Ich kenne euch nicht. Vielleicht wollt ihr mich bestehlen, vielleicht nehmt ihr mir das Wort weg, das ich suche. Es gibt Wortklauber, habe ich mir sagen lassen. Seid ihr am Ende Wortklauber?«

»Aber Juke, ich sagte doch schon, dass ich Kalle Wirsch bin.«

»Kalle Wirsch oder Walle Kirsch oder Kille Warsch – mir so..., mir soll's gleich sein. Ich bin mit einem so ungeheuer wichtigen Problem beschäftigt, einem ›so-Problem‹, sozusagen.«

»Darf ich dir vielleicht trotzdem Max und Jenny vorstellen?«, fragte Kalle und schob die Geschwister vor.

»Max und Jenny?« Kohlen-Juke blickte gespannt auf. »Das klingt so oberirdisch. Wenn sie größer wären, könnten sie Menschen sein. Schade, dass sie keine sind. Menschen sind klug, sie würden mit meinem ›so-Problem‹ spielend fertig.«

»Aber es sind ja Menschen, Juke. Ich habe sie nur ein bisschen verraxelt, weil sie mir sonst unterwegs stecken geblieben wären.«

»Menschen«, jubelte Juke, »richtige Menschen! Welch ein Glück. Hoher Besuch in meiner unwürdigen Höhle.«

»Na, na, na«, brummte Kalle Wirsch. »Hoher Besuch,

Kohlen-Juke

unwürdige Höhle!« Ihm gingen derartige Übertreibungen sehr gegen die Natur. Aber Kohlen-Juke meinte es ganz ehrlich und es klang bei ihm auch gar nicht lächerlich, sondern eher rührend.

Er war ein echter Freund der Menschen und er half ihnen, wo er konnte. In seinem Kohlengebiet grub er Schächte und Stollen um ihnen das Auffinden der Kohle zu erleichtern und er warnte die Bergleute rechtzeitig, wenn ihnen in der Grube Gefahr drohte.

Die meiste Zeit brachte er damit zu, die Menschen zu belauschen. Ihre Stimmen und ihre Sprache hatten es ihm besonders angetan. Er hatte sich einen trichterartigen Schacht gegraben bis zur Erdoberfläche. Von dort her drangen Gespräche und Lieder zu ihm herab.

»Hört doch nur«, sagte er immer wieder. »Sie können singen! Wer von uns Unterirdischen kann singen? Und sie reden von Dingen, die wir nicht kennen.«

Mit einem Stück Kreide schrieb er alle Wörter, die ihm fremd waren, an die Kohlenwände. Auf diese Weise entstand eine merkwürdige Art von Wörterbuch, in dem Juke eifrig studierte.

Oft verstand er nicht alles, was gesprochen wurde. Manchmal drangen nur die Fetzen eines Gesprächs durch seinen Trichter. Dann grübelte er tagelang über einem unvollständigen Satz und versuchte ihn selbst zu ergänzen. Er nannte das sein »Problem« und er litt echte Qualen, wenn ihm die Lösung nicht gelingen wollte.

Einmal trafen ihn die Wirsche, als er gerade mit einem »aus-Problem« beschäftigt war. Eine Geschichte, der er gelauscht hatte, war mitten in einem Wort abgebrochen, das mit der Vorsilbe »aus« begonnen hatte. Es war eine spannende Erzählung gewesen von einem Mann, der in der Welt umhergeirrt war. Bei der Schilderung seiner Heimkehr hatte Juke ausgerechnet das letzte Wort verpasst. »Aus…« war noch zu ihm gedrungen und dann nichts mehr. Kalle erinnerte sich deutlich, wie aufgeregt Juke damals gewesen war.

»Aus…!«, hatte er den Wirschen entgegengerufen und die Hände gerungen. »Ich bitte euch, man kann mich doch nicht diesem ›aus‹ ausliefern! Ich werde nie erfahren, was dem armen Mann geschehen ist, der aus der Fremde heimkehrte. Wurde er ausgestoßen? Wurde er ausgeplündert, ausgehorcht, ausgeraubt, ausgebeutet, ausgehungert, ausgerottet, ausgeräuchert? Oder am Ende auserwählt, auserkoren?«

Kalle hatte ihn beruhigen wollen. »Deine Fantasie ist zu hitzig, Juke«, hatte er gesagt. »Wie wär's mit auslüften? Vielleicht wollten sie ihn nur auslüften?«

Aber das war Juke ganz unpassend erschienen. Er hatte Kalles Wortvorschlag energisch abgelehnt und hegte seit dieser Zeit starke Zweifel an der Ernsthaftigkeit der Wirsche.

Im Augenblick aber war er in ein neues Problem verstrickt: Er suchte Wörter mit der Vorsilbe »so«.

»Zwanzig müssen es sein«, erklärte er. »Und aus diesen zwanzig so Wörtern muss ich dann eine zusammenhängende Kurzgeschichte machen.«

»Aber warum denn nur?«, erkundigte sich Kalle Wirsch. »Wer verlangt denn so etwas von dir?«

»Verlangen?« Juke schüttelte missbilligend den Kopf. »Das kann niemand verstehen, dem die Wörter nicht wichtig sind.«

»Wichtig wäre es mir, so schnell wie möglich weiterzukommen«, murmelte Kalle. Er merkte mit Besorgnis, dass sie schon wieder viel Zeit verloren.

Aber Juke hatte Max und Jenny bereits an eine seiner Tafeln gezogen und las ihnen seine so-Wörter vor:

»Sodann, sobald, soeben, sofern, sofort, sogar, sogleich, somit, sooft, sosehr, soundso, soweit, soviel, sowenig, sowie, sohin, sowohl, sozusagen, sogenannt. Was sagt ihr dazu? Neunzehn sind es; zwanzig müssen es sein. Ein Einziges fehlt mir noch. – Wie heißt es?«

Er wendete sich an Max und es lag so viel Vertrauen in seiner Stimme, dass es Max sehr peinlich war, nicht gleich mit einem weiteren Dutzend so-Wörtern aufwarten zu können, aber es fiel ihm kein Einziges mehr ein.

Juke war jedoch fest überzeugt, dass ihm diese Menschenkinder weiterhelfen würden. Er blickte Jenny an und meinte: »Aber du weißt noch eins.«

»Bestimmt nicht«, sagte Jenny. »Im Augenblick fällt mir sowieso nichts ein.«

»Sowieso!«, schrie Juke. »Das ist es. Sowieso hat noch gefehlt. Jetzt haben wir die zwanzig beisammen. – Ach, Menschen!«, schwärmte er. »Ich hab's ja gewusst, ich hab's ja gewusst!«

Er tanzte von einem Bein auf das andere und führte sich so überschwänglich auf, dass Kalle wieder richtig verdrießlich dreinschaute. »Wenn er zehn Beine hätte, würde er auf allen zehn gleichzeitig tanzen«, brummte er.

Juke ließ sich durch Kalles Missmut nicht bekümmern. »Weiter!«, rief er. »Jetzt die Kurzgeschichte. Sie muss so kurz wie möglich sein und darf außer den so-Wörtern nur ganz wenige andere enthalten.«

Um die Sache zu beschleunigen beteiligte sich auch Kalle Wirsch an den gemeinsamen Bemühungen und nach vielem Hin und Her hatten sie Folgendes zusammengebastelt:

»*So*eben ist der *so*genannte Herr *So*undso erwacht. *So*fern er nicht *so*gleich arbeitet, frühstückt er *so*wieso *so*fort, *so*gar mehr als sonst. *So*dann ist er *so*zusagen satt, aber *so*bald er aufstehen will, wird er *so*wohl ärgerlich als *so*mit sorgenvoll, denn *so*wie, *so*oft, *so*sehr und *so*viel er sich abmüht, *so*wenig kommt er hoch: Er klebt *so*hin am Stuhl, *so*weit er feststellen kann.«

Alle zwanzig Wörter waren untergebracht und Juke versank in andächtiges Schweigen. Kalle Wirsch aber drängte jetzt stürmisch zum Aufbruch und Juke ließ sie endlich mit vielen guten Wünschen und Bezeugungen seiner Dankbarkeit ziehen.

Als sie außer Hörweite waren, machte Kalle Wirsch seiner Erbitterung Luft: »Hiii-käckäckäck«, schimpfte er. »So ein Strohkopf! Hat nichts Besseres zu tun, als euch Menschen eure Albernheiten abzulauschen und sein Hirn an solchen Dummheiten zu verbrennen. Und so was nennt die geheime Nachricht harmlos.«

»Aber er ist doch wirklich harmlos«, verteidigte Jenny den freundlichen Juke.

»Für sich genommen vielleicht harmlos, aber sehr zeitraubend. In unserem besonderen Fall ist er somit, sohin, sozusagen gefährlich – und ansteckend ist diese Wortspinnerei auch, hiiii-käckäckäck!«

9. Kapitel

Der Wächter am Rubinberg

Halt!«, rief Kalle Wirsch und deutete zum Gewölbe des Stollens, durch den sie bis dahin eilig weitergelaufen waren. »Da ist ein Pfeil; der hat etwas zu bedeuten. Man muss der Sache nachgehen.«

Wenige Schritte weiter fanden sie einen zweiten Pfeil, dem bald darauf ein dritter folgte. Dieser dritte wies zu einem tafelartig flachen Felsabriss, auf dem sie neue Geheimzeichen entdeckten.

»Schon wieder eine Nachricht. Lies mal vor«, bat Max.

Kalle Wirsch entzifferte die Schrift: »Der Wächter am Rubinberg tut nur seine Pflicht, aber hütet euch vor den Echokugeln.«

»Gehen wir denn durch einen Rubinberg?«, fragte Jenny.

»Gewiss«, nickte Kalle, »das ist unser nächstes Ziel.«

»Ein Berg aus echten Rubinen?«

»Natürlich, ganz echt.«

»Was bedeutet das: ›Der Wächter tut nur seine Pflicht‹?«, wollte Max wissen.

»Das bedeutet, dass er keinem Fremden die Pforte aufschließen darf. Vermutlich wird er auch uns den Durchgang verwehren.«

»Warum denn? Du bist doch kein Fremder.«

»Er wird mich dafür halten, weil es nicht üblich ist, dass der König ohne sein Volk geht.«

»Und wie kommen wir dann durch den Berg?«

»Das überlasst nur mir.«

Kalle Wirsch schien trotz allem zuversichtlich zu sein und die Geschwister begeisterten sich an dem Gedanken, dass sie einen Berg aus echten Rubinen sehen sollten. Echte Edelsteine! Gleich einen ganzen Berg voll! Ob sie lose herumlagen? Ob man sie in die Hand nehmen konnte?

Max und Jenny waren so sehr von ihren Vorstellungen ergriffen, dass sie nicht mehr nach der Bedeutung des zweiten Teils der geheimen Nachricht fragten. Leider vergaß auch Kalle Wirsch sie über die Echokugeln aufzuklären. Und das war ein schlimmes Versäumnis, wie sich bald herausstellte.

Viel schneller, als sie erwartet hatten, standen sie vor dem Felsentor, das den Rubinberg abriegelte.

»Seht«, sagte Kalle Wirsch, »der Rubinberg ist ein Drusenberg, das heißt, eine Kristallhöhle, die vom Fels eingeschlossen ist.«

Hier wurde er in seiner Erklärung unterbrochen, denn an der Wand neben der Pforte schien sich plötzlich der Felsen zu bewegen. Als sie jedoch genauer hinblickten, erkannten sie, dass es der Wächter war. Er war ebenso grau wie das Gestein und sah auch sonst wie aus Stein gemeißelt aus.

Hart und wuchtig trat er einen Schritt vor und blieb dann wieder wie festgemauert stehen. In seiner Hand blitzte ein mächtiges Schwert, das er beschützend vor das Tor hielt.

»Wohin?«, tönte eine dumpf-grollende Stimme aus

dem unbewegten Gesicht und zwei durchdringende Augen bohrten sich in die Ankömmlinge.

Kalle Wirsch verbeugte sich hoheitsvoll und sagte: »Wir wollen durch den Rubinberg.«

»Wer seid ihr?«

»Ich bin Kalle Wirsch, König der Erdmännchen, und die zwei da, nun, das ist mein Gefolge.«

»Lüge«, grollte der Wächter. »Für die Wirsche habe ich längst die Pforte geöffnet.«

»Da haben wir's«, murmelte Kalle. »Er erkennt mich nicht.«

»Und jetzt?«, erkundigte sich Max.

Er brauchte nicht lange auf Antwort zu warten. Was jetzt kommen sollte, erfuhr er sehr unangenehm am eigenen Leib. »Soldaten!«, donnerte der Wächter. »An die Blöcke mit den Lügnern und Betrügern!«

Auf diesen Befehl traten aus den Wänden ringsum graue Gestalten, dem Wächter sehr ähnlich. Ehe Kalle Wirsch, Max und Jenny fliehen konnten, sahen sie sich von ihnen umstellt wie von einer Felsmauer.

»Lasst mich wenigstens erst reden«, verlangte Kalle Wirsch. »Ich kann beweisen, dass ich die Wahrheit gesagt habe.«

Keiner hörte auf ihn. Die Soldaten packten mit ihren steinharten Fäusten zu und legten ihnen Eisenringe an die Füße, die durch Ketten an schweren Felsblöcken befestigt waren.

An ein Entkommen war nicht zu denken. Max und Jenny starrten fassungslos auf ihre gefesselten Füße. Nur Kalle Wirsch schien sich nicht aufzuregen. Er wartete, bis die Soldaten abgezogen waren und den Raum zwischen

Du kennst das Gesetz

ihm und dem Wächter am Tor freigegeben hatten. Dann rief er laut und trotz seiner misslichen Lage sehr gebieterisch: »Das Gesetz fordert, dass du mich anhörst, Wächter.«

Der Wächter, der wieder eine erstarrte Haltung angenommen hatte, blickte nach dem angeketteten Kalle wie nach einer lästigen Fliege. Kein Zug in seinem versteinerten Gesicht verriet, ob er gewillt war das Gespräch fortzusetzen.

Kalle Wirsch gab jedoch nicht auf. »Du musst mich anhören, Wächter. – Es gibt drei Fragen, die nur die Eingeweihten wissen. Du kennst das Gesetz: Wenn ich sie dir beantworte, musst du uns das Tor öffnen.«

Widerwillig, aber wie unter einem Zwang, entgegnete der Wächter: »Es ist meine Pflicht jedem das Tor zu öffnen, der die Lösung der Fragen kennt.«

»So frage«, verlangte Kalle.

»Es ist meine Pflicht«, wiederholte der Wächter. »Weißt du die Antwort, soll dir geöffnet werden, weißt du sie nicht, wird dich dieses Schwert treffen.«

»Ich bin bereit.«

Der Wächter kam mit schweren Schritten näher, senkte sein Schwert über den Kopf des kleinen Wirschenkönigs und sprach:

»Was ist das?

Es ist im Wein,
es ist im Blut,
es ist am Stein
und in der Glut.«

Ohne sich zu besinnen antwortete Kalle Wirsch: »Es ist das Rote, so rot wie Rubinstein.«

Der Wächter hob sein Schwert zum Zeichen, dass die Lösung richtig war, senkte es dann aber wieder über Kalle Wirsch und stellte die zweite Frage:

»Was ist das?

Du kannst es nicht brechen,
du kannst es nicht reißen
und nicht zertreten
und nicht zerbeißen.«

Auch diesmal kam Kalles Antwort ohne Zögern:

»Der Rubin, der harte Rubinstein, den niemand aus eigener Kraft zertrümmern kann.«

Wieder hob und senkte der Wächter das Schwert.

Max und Jenny begannen aufzuatmen. Hoffnungsvoll warteten sie auf die letzte Frage.

»Was ist das?«,

hub der Wächter zum dritten Mal an:

»Es wächst im dunklen Felsenloch,
es hat kein Licht und leuchtet doch.«

»Der Rubin, der herrlich strahlende Rubin«, rief Kalle Wirsch.

In den Augen des Wächters blitzte es auf wie ein plötzliches Erkennen.

»Dreimal Rubin ist das Losungswort«, sagte er. »Löst ihnen die Fesseln!«

Und während die Soldaten den Befehl ausführten, schlug er dreimal mit dem Schwert gegen das Felsentor, das sich weit öffnete.

»Kommt! Schnell hindurch, bevor es zuschlägt«, rief Kalle Wirsch den Geschwistern zu.

Max und Jenny rieben sich die Knöchel, an denen die Eisen gesessen hatten. Sie warfen noch einen scheuen Blick auf den Wächter, der wieder in den Schatten der Felswand getreten war. Wie bei ihrer Ankunft stand er dort, steingrau, unbeweglich und stumm.

»Los, kommt!«, drängte Kalle.

Da beeilten sie sich ihm zu folgen. Kaum hatten sie den Eingang zum Rubinberg durchschritten, als das Tor schwer hinter ihnen zufiel.

10. Kapitel
Echokugeln und Irrwege

Ein Leuchten umgab sie, das von allen Wänden strahlte, ein tiefroter, warmer Glanz. Sie befanden sich in einer Halle, die ganz aus Rubinen bestand. Aus den Wänden und dem Deckengewölbe ragten unregelmäßig kleine und große Zacken des Edelsteins; nur der Boden war glatt geschliffen. Der weite Raum lag in vollkommener Stille.

»Schön, was?«, sagte Kalle zu den Geschwistern, die starr vor Bewunderung stehen geblieben waren.

»So schön, wie man es gar nicht träumen kann«, meinte Jenny.

Kalle Wirsch ließ seinen beiden Begleitern ein wenig Zeit zum Staunen, dann drängte er sie weiter.

»Darf man denn über diesen kostbaren Stein laufen?«, fragte Max.

»Du hast doch gehört, er ist so hart, dass du ihm nichts anhaben kannst. Ihr dürft ruhig fest auftreten.«

Kalle war schon wieder in Bewegung. Max konnte sich aber nur zögernd zum Weitergehen entschließen. Er betastete die Wände, fühlte die spitzen Zacken und betrachtete seine Finger, die purpurrot gefärbt waren vom Widerschein des Gesteins.

»Treibst du wieder Erdkunde?«, rief Kalle Wirsch, der mit Jenny vorausgegangen war. »Komm, es gibt noch genug zu erforschen. Bleib jetzt dicht hinter uns. Der Rubinberg ist groß.«

»Ich komme ja schon«, antwortete Max und lief über den schimmernden Edelsteinboden in die Richtung, wo er Kalle und Jenny verschwinden sah.

Als er die weite Halle durchquert hatte, stand er vor einem Gang, der wie ein Tunnel gewölbt war und der aus der Halle hinausführte. »Der Rubinberg ist groß«, tönte Kalles Stimme wie ein Echo aus diesem Tunnel.

»Seid ihr hier drin?«, rief Max.

»Hier drin«, schallte es zurück.

»Wartet, ich komm' schon.«

»Komm schon!«, wurde er ungeduldig aufgefordert.

Die Stimmen klangen entfernt; Kalle und Jenny mussten ziemlich weit vorausgegangen sein. Max lief in den Tunnel hinein, der ebenso wie die große Halle ganz aus Rubin bestand. Aber obwohl er sich jetzt sehr beeilte, holte er die beiden nicht ein. Merkwürdig war das. So lange hatte er sich doch gar nicht aufgehalten.

Zu allem Unglück teilte sich nach einigen Schritten der Weg. Warum sie nicht wenigstens hier auf ihn gewartet hatten! Woher sollte er wissen, welcher Weg der richtige war?

»Wo seid ihr?«, rief Max.

»Hier!«, tönte es aus der rechten der beiden Abzweigungen – oder war es die linke gewesen?

Max rannte erst in den einen Gang und dann in den andern. Beide waren erfüllt von dem rot schimmernden Rubinglanz, wie alles im Innern dieses Berges, aber von Kalle und Jenny fand sich keine Spur.

»Jenny, wo bist du?«, schrie Max.

»Wo bist du?«, kam die Frage zurück.

Da überfiel Max ein schrecklicher Verdacht: War das überhaupt Jennys Stimme? War er womöglich in die Irre gelaufen?

»Jenny!« Er brüllte den Namen der Schwester in großer Angst. »Jenny!«

»Hehi, hehihi!« Wie ein vielstimmiges Kichern kam die Antwort.

»Ist jemand hier?«, fragte Max beklommen.

»Wir, wir, wir!«, kicherte es.

Wer kicherte da? Es war doch niemand zu sehen.

Max legte die Hände auf sein wild klopfendes Herz. Ich muss zurück, dachte er. Ich muss in die große Rubinhalle zurück. Wenn Kalle Wirsch und Jenny merken, dass ich nicht nachgekommen bin, werden sie mich dort suchen.

Wo aber war der Weg zurück?

Als sich Max umwandte, tat sich ein Gewirr von Gängen vor ihm auf, die er beim Hergehen nicht bemerkt hatte. Zuerst glaubte er gewisse Gesteinsformen wieder zu erkennen. Kaum war er jedoch ein Stück weit gelaufen, kam ihm die Richtung falsch vor, und er schlug eine andere ein. Schließlich irrte er völlig planlos umher.

Die Stimmen, die ihn die ganze Zeit über genarrt hatten, hörten auch jetzt noch nicht auf zu flüstern und zu kichern.

Das Unheimlichste war, dass sie sogar seine Gedanken laut wiederholten, wenn auch falsch und verstümmelt.

Ich muss schneller laufen, dachte er.

»Teller kaufen«, schallte es ihm sofort spöttisch entgegen.

Um sich selbst Mut zu machen redete Max sich ein, dass er diese Kicherdinger fangen und unschädlich machen wollte. »Wenn ich euch erst erwische!«

»Fische, Fische«, lachten sie ihn aus.

Er hielt sich die Ohren zu und rannte blind darauf los. Einmal kam es ihm vor, als stolperte er über etwas Hartes, Rundes, ein andermal schien etwas vor ihm herzurollen. Aber vielleicht bildete er sich das nur ein. Er fühlte sich so wirr im Kopf, vielleicht waren das alles Wahnvorstellungen.

Ich will nach Haus, nach Haus, wünschte er inbrünstig.

»Aus, aus, aus«, verhöhnten ihn die Stimmen.

Max sank erschöpft zu Boden. Nicht mehr denken, nur nicht mehr denken!

Wenn er aufhörte zu denken, schwiegen auch diese grässlichen Stimmen, dann war es ganz still in dem rot durchfluteten Gewölbe.

Eine große Müdigkeit überkam ihn. Fast wäre er eingeschlafen, aber da – da war ja schon wieder eine Stimme! Er hatte doch nicht geredet und gedacht hatte er auch nicht. Was wollten sie nur von ihm?

»Lasst mich in Ruhe!«, schrie er.

Zu seiner Verwunderung kam kein spöttisches Echo, sondern eine freundliche Stimme nannte seinen Namen. »Max, hab keine Angst, ich will dir helfen.«

Helfen? War da wirklich jemand, der ihm helfen wollte?

Max blickte sich vorsichtig um. An der Decke des Gewölbes huschte ein dunkler Schatten hin und her wie ein Vogel.

»Hast du zu mir gesprochen?«, fragte Max.

Der Schatten flatterte und klammerte sich dann an der Wand über seinem Kopf fest. Jetzt erkannte Max, was es war: eine Fledermaus.

»Ich komme von Kalle Wirsch und Jenny. Ich führe dich zu ihnen«, sagte sie.

Max war so hoffnungslos und verzweifelt gewesen, dass er kaum an eine Rettung glauben konnte. Am Ende war das nur ein neuer Trick ihn zu quälen.

»Ist das auch sicher wahr?«, fragte er.

»Kicherbar, kicherbar«, spottete es schon wieder dazwischen.

»Seid ihr noch nicht verschwunden?«, rief die Fledermaus. »Husch, fort mit euch!« Sie schwebte knapp über dem Boden und schlug mit ihren Flügeln nach etwas, das Max wie rollende Kugeln vorkam. Wahrhaftig, es waren Kugeln. Sie sahen aus wie rundgeschliffene Rubine.

»Was ist das?«, fragte er.

»Das sind die Dinger, die dich in die Irre gelockt haben«, antwortete die Fledermaus. »Wir nennen sie Echokugeln.«

»Echokugeln? Aber davon stand doch auch etwas in der geheimen Nachricht«, erinnerte sich Max. – Hütet euch vor den Echokugeln! Das hatte er völlig vergessen und sie hatten mit Kalle Wirsch auch nicht mehr darüber gesprochen. Es war einfach zu viel Abenteuerliches auf sie eingestürmt.

»Sind das Rubine?«, fragte Max, nachdem die rot glänzenden Kugeln unter den Flügelschlägen der Fledermaus eilig davongerollt waren.

»Keine Rubine«, erwiderte die Fledermaus. »Einfache weiße Bergkristalle sind es.«

»Aber sie leuchten doch rot wie Rubine.«

»Das scheint nur so. Der Glanz des Rubins färbt sie rot. In Wirklichkeit sind sie durchsichtig wie Glas. Es sind unnütze, eitle Wesen, die mehr gelten wollen, als sie sind. Überall schleichen sie sich ein und borgen sich fremde Stimmen und die Farbe von Edelsteinen. Aber wie sie auch schimmern, rubinrot oder smaragdgrün, man merkt doch, dass sie nicht echt sind. Und was sie reden, hast du ja gehört: hohles Echogeschwätz.«

»Warum wollen sie denn nur, dass ich mich verirre?«

»Zoppo Trump«, sagte die Fledermaus. »Der listige Zoppo weiß genau, wie er sie gewinnen kann. Er schmeichelt ihnen, er tut, als hielte er sie für echt. Dafür verüben sie jede Untat, die er von ihnen verlangt.«

»Zoppo Trump hat gewollt, dass ich mich verirre?«

»Natürlich. Er will euch aufhalten. Er will, dass Kalle Wirsch zu spät kommt zum Treffen der Erdmännchen.«

»Woher weißt du denn das alles?«

»Ich gehöre zu Kalle Wirschs Freunden. Es ist wertvoll, wenn man Freunde mit einem guten Spürsinn hat. Wir Fledermäuse sind berühmt dafür. Wir ahnen es, wenn Gefahr in der Luft liegt. – Leider kam ich zu spät um Kalles Sturz in den Kamin zu verhindern, aber ich konnte wichtige Dinge in Erfahrung bringen.«

»Die geheimen Nachrichten waren wohl auch von dir?«

»Gewiss, gewiss, von mir«, sagte die Fledermaus und man merkte ihr an, dass sie stolz war auf ihre Leistung. Sie hing jetzt mit zusammengeschlagenen Flügeln und dem Kopf nach unten an einer Rubinzacke.

»Das ist allerhand für so ein kleines Tier«, bestätigte

Max. »Aber sag mal, warum hast du dir so viel Mühe gemacht? Du hättest das Kalle doch nur zu erzählen brauchen.«

»Erzählen brauchen?« Die Fledermaus löste ihre Krallenfüßchen von dem Gestein und flatterte aufgeregt ein paar Runden unter dem Gewölbe. »Wie du dir das vorstellst! Als ich erfuhr, dass die Wirsche ohne den König losgegangen waren, hatte ich keine Ahnung, dass er als Gartenzwerg in eurem Blumenbeet stand. Die Ratte, diese geschwätzige Person, hat zwar eine ganze Menge ausgeplaudert, aber doch nicht alles.«

»Welche Ratte?«

»Du kennst Zoppo Trumps rotäugige Ratte nicht? Das ist seine Vertraute, und wie gesagt, ungeheuer geschwätzig. Sie hat geprahlt, dass sie Geheimnisse kennt. Natürlich hat sie nur in Andeutungen geredet. Trotzdem konnte ich herausbringen, dass König Kalle von den Wirschen getrennt worden ist, ohne dass sie das gemerkt haben. Ich wollte ihnen sofort nach um sie zu warnen. Unterwegs bin ich aber Zoppo Trumps Verschwörern auf die Spur gekommen und da hielt ich es für klüger erst einmal herauszufinden, was diese Kerle planen.«

»Das war natürlich richtig«, warf Max ein.

»Ich musste mit größter Vorsicht ans Werk gehen«, erzählte die Fledermaus weiter. »Ganz dicht am Gestein habe ich gekauert und gelauscht. So erfuhr ich nach und nach, wie alles zusammenhing. Unsere Feinde besitzen gute Kundschafter. Sie haben euch beobachtet und wissen, dass ihr euch zu dritt auf den Weg gemacht habt. Die Verschwörer waren euch immer ein Stück voraus und ich musste ihnen auf den Fersen bleiben. Deshalb

Eine große Müdigkeit überkam ihn

konnte ich nichts anderes tun, als euch Nachrichten hinterlassen.«

»Das war schon eine große Hilfe für uns«, sagte Max.

Die Fledermaus spreizte sich geschmeichelt. »Deine Schwester und Kalle Wirsch finden das auch. Ich traf die beiden, als sie ganz verzweifelt nach dir suchten.«

»Wo sind sie denn?«

»Sie haben beim richtigen Ausgang aus der großen Rubinhalle auf dich gewartet. Die Echokugeln haben dich wenige Schritte vorher in die falsche Richtung gelockt. Deshalb bin ich auch zurückgeflogen. Meine Spürnase hat mir gemeldet, dass ihr in Not seid. – So, und nun komm. Ich habe versprochen dich so bald wie möglich herbeizuschaffen. Übrigens, ich heiße Tutulla. Ganz einfach zu merken, Tutulla.«

Sie klappte ihre Flügel auf und zu und Max betrachtete die glatte schwarze Haut, die sich über die feinen Knochen spannte.

»Bleibst du jetzt bei uns, Tutulla?«, wollte er noch wissen.

»Ja, ich begleite euch. Das Treffen der Erdmännchen ist immer äußerst anregend und die Küche ist vorzüglich. Ich persönlich schwärme am meisten für Mottenklöße, aber auch die Tausendfüßlerpastete ist delikat. Ihr werdet entzückt sein.«

Max schluckte und murmelte undeutlich: »Ja, ganz bestimmt.«

Die Fledermaus glitt von ihrem Sitz und forderte Max auf ihr zu folgen. Lautlos flog sie vor ihm her und brachte ihn durch das Gewirr von Gängen in kurzer Zeit in die große Rubinhalle zurück.

»Max!« Jenny schrie erleichtert auf, als der Bruder endlich vor ihr stand, und auch Kalle Wirsch merkte man an, dass er froh war. Weil er das aber nicht zeigen wollte, brummte und schimpfte er ein bisschen herum:

»Zurückbleiben, Erdkunde treiben! Dummheiten, Kinderei! Läuft Echokugeln nach, dieser Unnütz. Verderben lassen hätte man ihn sollen.« Und dann grollte er sein »Hiii-käckäckäck«, aber längst nicht so zornig wie sonst.

»Wir müssen weiter«, mahnte die Fledermaus. »Es wird allerhöchste Zeit, dass ich mal wieder etwas in den Magen bekomme.«

»Tausendfüßlerpastete«, flüsterte Max seiner Schwester zu.

»Tutulla denkt zu viel ans Essen«, tadelte Kalle Wirsch. »Es geht um Höheres, meine Liebe.«

Tutulla verteidigte sich. »Die Natur hat mir halt einen Fledermausmagen gegeben.«

»Wir wollen nicht streiten«, sagte Kalle mit Würde. »Es geht um Höheres. – Außerdem wolltest du mir noch eine wichtige Mitteilung machen; es handelte sich um einen Vulkanschlot, wenn ich recht verstanden habe.«

»Ja, richtig!« Tutulla saß jetzt am Boden und humpelte auf ihren ausgebreiteten Flügeln unbeholfen an Kalle Wirsch heran. »Natürlich, der Vulkanschlot! – Also, das war das Letzte, was ich erlauschen konnte, bevor ich zu euch zurückflog. Diese wüsten Gesellen wollen euch durch einen Vulkanschlot wieder auf die Erdoberfläche befördern. Die Vulkane brodeln zur Zeit heftig und…«

»Vulkane?«

»Feuer speiende Berge?«

»…die brodeln?«

»Da sollen wir...«

»ausgespuckt...«

»hinausgeschleudert werden?«

Jenny und Max redeten aufgeregt durcheinander.

»Mal langsam«, beruhigte Kalle Wirsch. »Wir wissen doch jetzt, was der liebenswerte Zoppo Trump mit uns vorhat, und wenn man die Gefahr kennt, ist sie nur noch halb so groß.«

»Ganz richtig«, bestätigte Tutulla. »Jedenfalls haben Zoppos Gesellen verabredet, dass sie im Gebiet der Wrukas ein Loch in den Boden schlagen wollen, das in einen Vulkanschlot führt.«

»Wrukas? Davon habe ich noch nie gehört«, sagte Max.

»Was das ist, werdet ihr erfahren, wenn wir an Ort und Stelle sind«, antwortete Kalle Wirsch.

Die Fledermaus hatte ihren Platz verlassen und flatterte unruhig umher.

»Wir müssen jetzt wirklich weiter«, drängte sie. »Erstens geht es um Höheres und zweitens brauche ich jetzt schleunigst etwas zu essen, sonst werde ich an Entkräftung...«

»Schon gut«, unterbrach Kalle Wirsch. »Flieg zu, wir kommen.«

Diesmal blieb Max ganz dicht bei Kalle und Jenny. Er hatte jetzt auch wieder einen Blick für die Schönheit des Rubinbergs, dessen Licht ihm wie ein bösartiges Funkeln erschienen war, als er allein darin umherirrte.

Tutulla flatterte um sie herum. Manchmal eilte sie ein Stück voraus um die Lage zu erkunden. Von Zoppos Kumpanen war nichts zu sehen und auch die Echokugeln waren verschwunden.

Sie durchquerten noch mehrere Hallen von unterschiedlicher Größe, bis sie am Ende einer steil abfallenden Treppe zum Ausgang des Rubinberges gelangten. Auch hier war ein Tor; es ließ sich von innen leicht öffnen.

Der Wächter draußen rührte sich nicht, als sie an ihm vorübergingen. Er glich dem Wächter am Eingang: Auf sein Schwert gestützt stand er wie aus Stein gehauen neben dem Tor und wehrte jedem den Zutritt, der nicht zu den Eingeweihten zählte. Um die Herauskommenden kümmerte er sich jedoch nicht.

»Macht schnell«, flüsterte Jenny. »Vielleicht hält er uns doch noch auf.«

Und obwohl Kalle Wirsch behauptete, das sei ganz ausgeschlossen, rannte sie so lange, bis sie außer Sichtweite des Tores war.

»Was haltet ihr von einer kleinen Pause?«, fragte Kalle Wirsch. »Wir kommen jetzt gleich zum Goldfluss, da gibt's keine Wächter und keine Echokugeln und keine Fährmänner. Dort können wir unbesorgt ausruhen.«

»Und die Vulkane?«, erkundigte sich Jenny.

»Die sind noch weit.«

Wenn Jenny an die Feuer speienden Vulkane dachte, wurde ihr schrecklich bang. Dann wünschte sie, sie wäre zu Hause in ihrem Bett und hätte ein dickes Federkissen über dem Kopf.

Max gab ihr einen kleinen ermunternden Schubs. »Denk doch nicht an die Vulkane! Jetzt kommt zuerst der Goldfluss.«

»Und der ist ganz bestimmt nicht mehr weit«, fügte Kalle hinzu.

11. Kapitel
Am Goldfluss

»Wir sind angelangt«, sagte Kalle Wirsch.

Sie waren an ein unterirdisches Gewässer gekommen, das mehr einem Bach als einem Fluss glich. Das Wasser brach sich seine Bahn durch Felsen und führte abgebröckeltes Gestein mit sich.

»Setzt euch und ruht ein wenig aus.«

Die Geschwister schauten sehnsüchtig zum Fluss.

»Ach, bitte, dürfen wir nicht zuerst ans Wasser?« fragte Max.

»Ein bisschen nach Gold suchen«, ergänzte Jenny.

»Gold, Gold!« Kalle Wirsch schüttelte missbilligend den Kopf. »Immer müssen die Menschen nach Gold suchen. Was habt ihr denn davon?«

Was sie davon hatte, konnte Jenny nicht genau angeben, deshalb sagte sie: »Aber es ist doch so schön.«

»Schön! Es gibt viele Dinge, die schön sind.«

»Was schwer zu erlangen ist, hat immer den meisten Reiz«, bemerkte Tutulla weise. »Für euch hier unten ist Gold nichts Besonderes, aber für die Menschen …«

»Ich weiß, ich weiß. Da hocken sie an Flüssen und waschen den Sand, bis sie kleine goldene Körnchen herausgesiebt haben. An manchen Stellen hören wir sie auch in der Erde kratzen und schürfen, wenn sie im Gestein nach Goldadern suchen. – Aber sollen sie suchen! Bis hierher kommt keiner. Ihr seid die Einzigen.«

»Lass sie halt zum Fluss«, bat Tutulla für die Kinder.

»Ja, ja, ja, was«, nörgelte Kalle Wirsch. »Meine Freunde halten neuerdings zu den Goldwühlern.«

»Tssss«, machte Tutulla und schlug ärgerlich mit den Flügeln. »Wenn du sie schon mit hierher schleppst, könntest du ihnen den kleinen Spaß gönnen.«

Kalle Wirsch kniff die Augen zusammen und blinzelte Tutulla von der Seite an, dann sagte er: »Meinethalben, lauft! Seht sie euch an, die Goldkörner, sie liegen dort herum wie Kieselsteine.«

Mit wenigen Sprüngen waren die Geschwister am Fluss. Max fischte als Erster im Wasser und brachte eine Hand voll Steine vom Grund herauf. Fast die Hälfte davon waren Körner aus reinem Gold.

»Ich auch«, rief Jenny. Sie baggerte mit beiden Händen eine Ladung Kieselsteine empor, die ebenfalls mit Goldklümpchen vermischt waren.

Bald gerieten die Kinder ins Spielen. Sie errichteten goldene Dämme und bauten goldene Türme und Brücken, um die das Wasser sprudelte.

Kalle Wirsch sah erstaunt zu. »Was treibt ihr denn da?«

»Wir spielen.«

»So ein Unsinn! Ruht euch lieber aus. Dieses Gespiele macht euch nur müde.«

»Spielen macht nicht müde«, widersprach Max.

»Andere Sachen machen müde«, belehrte ihn Jenny. Zum Beispiel Spazieren gehen – und Lernen – und Ohren waschen – und den Erwachsenen zuhören – das macht alles müde, aber Spielen nicht.«

»Interessant«, sagte Kalle Wirsch und es war nicht zu ergründen, ob er das ernsthaft oder spöttisch meinte.

„Was ist denn mit dir passiert, Max?"

»Ich finde es hübsch, was sie machen«, sagte die Fledermaus.

»Aber es ist unnötig«, beharrte Kalle. »Ich spiele doch auch nie.«

Tutulla kicherte. »Dafür tust du andere unnötige Sachen, zum Beispiel nörgeln.«

Kalle Wirsch nahm ihr diese Bemerkung nicht übel. Es war bekannt, dass Tutulla vorlaut, aber ehrlich war.

Als die Geschwister genug gespielt hatten, kamen sie zu Kalle und Tutulla zurück. Jenny hielt ihnen die geöffnete Hand hin; drei Goldkiesel lagen darin.

»Darf ich die mitnehmen?«

Kalle Wirsch nickte. »Drei Stück, warum nicht? Hier holt sich jeder, was er braucht.«

»Jeder? Und trotzdem sind noch so viele da?«

»Ich habe euch doch gesagt: Goldgierig sind nur die Menschen und die kommen nicht hierher.«

»Außer uns«, ergänzte Jenny.

»Ihr seid ja zum Glück nicht goldgierig – oder doch?«

Kalles Blick war auf Max gefallen, der ein wenig verlegen vor ihm stand und merkwürdig dick wirkte.

»Was ist denn mit dir passiert, Max? Wie ausgestopft siehst du aus.«

»Fettsucht«, stellte Tutulla fest.

»Das ist ... das sind nur meine Taschen, wisst ihr«, stotterte Max.

»Nur deine Taschen?« fragte Kalle erstaunt. »Deine Taschen haben sich von alleine so aufgebläht?«

»Nicht von allein.« Max versuchte seine geschwollenen Taschen mit den Händen zu verdecken, was nur mangelhaft gelang. »Ich habe da nur...« Er stockte, wurde rot und stieß hastig hervor: »Ich glaube, ich sollte, es ist vielleicht besser, wenn ich noch mal schnell zum Fluss laufe.«

»Wenn du meinst«, sagte Kalle Wirsch mit einem Lächeln, das für ihn ungewohnt herzlich war.

Max sprang davon, und als er sich wenige Minuten später wieder einfand, waren seine Taschen leer. In der ausgestreckten Hand hielt er ebenso wie Jenny drei Goldkiesel.

»Drei«, sagte er.

Kalle Wirsch verzog sein Gesicht zu einem breiten, freundlichen Grinsen. Zu der Sache selbst bemerkte er nichts weiter. »Und jetzt setzt euch her zu mir.«

Die Geschwister rückten heran und Tutulla hängte sich an einen Felsen.

»Erzählst du uns etwas?«, bat Jenny.

»Was denn zum Beispiel?«

»Ich möchte so gern wissen, wie die Wiwogitrumu-Festung aussieht.«

Kalle Wirsch war stolz auf seine Burg und er freute sich, dass Jenny danach fragte.

»Von unserer Burg will ich euch gerne erzählen«, sagte er. »Sie liegt tief in der Erde in einem weiten Hohlraum und ist ganz aus blauem Marmor erbaut. Tutulla kennt sie. – Ist sie nicht wunderbar?«

»Über die Maßen wunderbar«, bestätigte die Fledermaus.

»Sie hat die Grundform eines Fünfecks. An jeder Ecke steht ein Turm als Wahrzeichen für jedes der fünf Erdmännchenvölker.«

»Die Türme sind das Schönste«, zwitscherte Tutulla. »Sie sind auch aus blauem Marmor.«

Kalle Wirsch nickte. »Aus blauem Marmor und sie tragen goldene Kuppeln.«

»Blau und gold passt gut zusammen«, sagte Jenny.

»Wie groß ist denn die Burg?«, fragte Max.

»Genau so groß, dass die fünf Erdmännchenvölker darin Platz haben. Der Versammlungssaal, in dem unser Treffen stattfindet, füllt fast die ganze Burg aus.«

Kalle Wirsch lehnte sich zurück. Man sah ihm an, dass er in die Erinnerung an seine Burg versunken war.

Gedankenverloren ließ er die Kette, die er immer um den Hals trug, durch seine Finger gleiten. Es war die Kette mit der silbernen Kapsel. Max musste daran denken, wie verstört Kalle gewesen war, als er ihnen diese Kapsel zum ersten Mal zeigte.

Was für ein Geheimnis bewahrte er darin auf? Und was war mit der geraubten Waffe? Max hätte zu gerne Näheres darüber gewusst, aber er wagte nicht zu fragen. –

Kalle Wirsch fuhr aus seinen Träumen auf.

»Eine schönere Burg habt ihr noch nie gesehen«, sagte er andächtig.

»Ganz aus blauem Marmor«, schwärmte Tutulla.

»Wenn wir doch erst dort wären!«, seufzte Jenny.

Kalle erhob sich. »Das weiteste Stück haben wir geschafft.«

»Aber die Vulkane?«, fragte Jenny.

»Hast du Angst davor?«

»Nicht direkt Angst. Aber ich wäre froh, wenn wir sie schon hinter uns hätten.«

»Dann«, sagte Kalle Wirsch, »ist es das Gescheiteste, wir gehen gleich beherzt darauf zu.«

»Je beherzter, desto besser«, bekräftigte Tutulla.

Sie beendeten die Rast und wanderten weiter, einem neuen Abenteuer entgegen.

12. Kapitel
Hitze, Angst und die zänkischen Vulkaniden

Es donnert!« Max blieb stehen und lauschte. »Wirklich, es donnert«, sagte Jenny. »Hört man ein Gewitter bis unter die Erde?« Ein lang anhaltendes Grollen übertönte Kalles Antwort. Es war so heftig, dass der Boden erzitterte.

»Kein Gewitter«, erwiderte Kalle Wirsch, als es wieder still geworden war, »das sind die Wrukas. Von denen wollte ich euch erzählen, wenn wir an Ort und Stelle sind.«

»Und jetzt ist es soweit?«, fragte Max.

Kalle Wirsch nickte. »Was eben gedonnert hat, war der schwache Ausläufer eines Erdbebens...«

»Erdbeben?« Jenny riss entsetzt ihre Augen auf.

»...und die Wrukas bringen die Erdbeben zu Stande«, fuhr Kalle in seiner Erklärung fort. »Die Wrukas sind ungefähr das Komischste, was es unter der Erde gibt. Sie wechseln ständig ihre Gestalt. Einmal sind sie dünn und lang und ziehen wie endlose Regenwürmer durch die Erdschichten, dann wieder wälzen sie sich fett und aufgeschwollen umher.«

»Die Schilderung ist anschaulich«, sagte Tutulla.

»In dünnem Zustand sind sie harmlos. Wenn sie aber zu viel gefressen haben, gibt es Erdbeben. Leider überfressen sie sich ziemlich oft.«

»Ich würde mich auch gerne einmal wieder überfressen«, seufzte Tutulla.

»Was fressen diese Wrukas denn?«, fragte Max. Und mit dünner Stimme setzte er hinzu: »... vielleicht Menschen?«

Kalle Wirsch lachte. »Mit Menschen im Magen bringt man kein Erdbeben zu Stande. Da braucht man schon kräftigere Kost. Die Wrukas ernähren sich von einem glutheißen Brei, den sie tief aus der Erde holen. Damit stopfen sie sich so voll, dass es ihnen regelmäßig schlecht wird.«

»Wie dumm von ihnen«, meinte Jenny.

»Diese Wrukas sind hirnlose Geschöpfe. Ihr...«

»Hirnlos ist das Wort«, flötete Tutulla dazwischen.

Kalle Wirsch drehte sich missbilligend nach ihr um. Er konnte es nicht leiden, wenn man ihn unterbrach.

»Hirnlose Geschöpfe«, wiederholte er. »Ihr Kopf besteht nur aus einem großen, gefräßigen Maul.«

»Und sie fressen bestimmt nichts anderes als diesen glühenden Brei?«, fragte Max. Ganz beruhigt war er noch nicht.

»Sie fressen wirklich nur Magma«, bestätigte Kalle Wirsch. »So nennt man das Zeug.«

»Magma!« Max sprach dieses Wort entzückt nach. »Davon haben wir schon in der Erdkunde...«

»Hiii-käckäckäck«, kreischte Kalle Wirsch. »Wenn ich noch einmal was von deiner Erdkunde höre! Dieses blöde Menschenschulzeug ist schuld daran, dass du dich verirrt hast.«

»Ich dachte, es waren die Echokugeln«, widersprach Max. Erdkunde war sein Lieblingsfach, das wollte er verteidigen.

»Nur weil du zurückgeblieben bist, konnten dich die

Echokugeln locken, und zurückgeblieben bist du, weil du alles erforschen musst, und dass du alles erforschen musst, daran ist deine Erdkunde schuld. – Kein Wort mehr über Erdkunde!«

»Aber von den Wrukas reden wir schon noch«, bat Max. »Wie ist das, wenn sie sich überfressen haben?«

»Ganz einfach: Sie kriegen Bauchweh. Dann wälzen sie ihre dicken Leiber hin und her. Aufgebläht zwängen sie sich in Höhlen und Spalten, dass man meint, die Erde zerplatze.«

»Wiederum sehr anschaulich«, lobte Tutulla.

»Müssen wir denn unbedingt an ihnen vorbei?«, fragte Jenny.

»Bis wir bei ihnen sind, werden sie sich wieder beruhigt haben«, sagte Kalle Wirsch.

»Bist du sicher?«

»Ganz sicher. Man kann das ziemlich genau berechnen: Zur Zeit machen sie Erdbeben, also haben sie sich gerade überfressen. Danach sind sie erschöpft und sinken in einen tiefen Schlaf. Das fällt genau in die Zeit, in der wir durch ihr Gebiet kommen.«

»Ein Glück«, seufzte Jenny erleichtert, gleich darauf fiel ihr schon die nächste Gefahr ein: »Aber die Vulkane?«

»*Aber* die Vulkane, *aber* die Vulkane!«, äffte Kalle Wirsch zornig nach. »Beim Feuerkern! Hör auf nach den Vulkanen zu fragen und hör auf mit dem vielen *Aber!* Es wird sich alles finden.«

»Ich fliege ein Stück voraus um die Lage zu beschnüffeln«, verkündete Tutulla und segelte davon.

Kalle Wirsch brummelte Unwirsches und zog weiter

ohne sich um irgendjemanden zu kümmern. Den Geschwistern blieb nichts anderes übrig, als ihm so schnell wie möglich nachzurennen.

Einige Male noch hörten sie das Grollen der Wrukas und spürten, wie die Erde bebte. Dann wurden die Stöße schwächer und das Donnern ließ nach.

Lange Zeit liefen sie hintereinander her, ohne dass die Kinder wagten Kalle anzusprechen. Seinem kleinen runden Zottelkopf sah man sogar noch von hinten an, dass er zornig war. Jetzt war es besser zu schweigen und sich zu fügen.

Jenny konnte aber nie lange einen Gedanken, der sie plagte, für sich behalten und sie hatte seit geraumer Zeit eine Empfindung, über die sie reden musste.

Vorsichtig tippte sie Max auf die Schulter und flüsterte: »Du, Max, ist dir auch so heiß?«

Max drehte sich um und nickte.

»Vielleicht haben wir Fieber«, wisperte Jenny.

Max zuckte mit den Schultern.

»Hohes Fieber«, fing Jenny nach kurzem Nachdenken wieder an. »Mindestens 100°.«

»Das gibt's nicht«, tuschelte Max zurück.

»Mein Blut kocht aber schon«, behauptete Jenny. »Ich fühle, wie es brodelt.«

Entweder hörte Kalle Wirsch tatsächlich nichts, oder er tat nur so, jedenfalls hastete er weiter ohne sich umzuschauen.

»Mit Fieber darf man nicht so rennen«, beharrte Jenny. »Mit Fieber gehört man ins Bett.«

»Ins Bett!«, schrie Kalle Wirsch. Er hatte natürlich jedes Wort gehört. »Hätte ich euch bloß in euren Betten gelassen. Da passt ihr hin, ihr Schlafmützen. Ein Stein seid ihr mir im Weg, ein Klotz seid ihr mir am Bein – vielmehr zwei Steine und zwei Klötze, hiiikäckäckäck.«

Wenn er sich ärgerte, vergaß er alles, was die Kinder für ihn getan hatten, dann war er ungerecht und bitterböse. Auch jetzt fand er kein freundliches Wort für Jenny, obwohl er sah, dass sie besorgt war. Dabei hätte er ihr leicht erklären können, dass nicht etwa ihr Blut im Fieber kochte, sondern dass sie allmählich in tiefere Erdschichten eindrangen, wo die Hitze zunahm.

Max war zwei Jahre älter als Jenny und er suchte für alles eine Begründung. Er kam bald von selbst darauf, dass die Wärme von dem feurigen Kern im Innern der Erde stammen musste, aber er wagte nicht seine Kenntnisse aus dem Erdkundeunterricht laut von sich zu geben. Kalle Wirsch hatte ihm gerade erst verboten über die Erdkunde zu reden.

Er machte Jenny allerlei Zeichen um sie zu beruhigen, aber sie verstand nicht, was er meinte. Immer heftiger litt sie unter der Hitze, bis sie zu Boden sank und sich weigerte auch nur einen Schritt weiterzugehen.

Max erwartete, dass Kalle Wirsch erneut in Zorn ausbrechen würde, aber er tat es nicht. Es schien, als spürte er plötzlich so etwas wie Mitleid. Er hockte sich neben Jenny, fasste sie bei der Hand und sagte:

»Dieses dumme kleine Menschenmädchen! Man muss ihm immer alles ganz genau erklären, sonst hat es Angst. – Wie unser Abenteuer ausgeht, weiß ich selbst noch nicht, aber warum es dir heiß geworden ist, kann ich dir sagen. Hör mal gut zu.«

Und dann erzählte er ihr eine Geschichte, die wie ein Märchen klang:

»Seit undenklichen Zeiten lebt ein feuriger Riese im Weltall. Alles an ihm ist aus Feuer und wir nennen ihn den Sonnenriesen. Er galt für unbesiegbar, keiner wagte den Kampf mit ihm. Eines Tages jedoch, als er schlief, kam ein Ungeheuer über den Rand des Himmels geflogen. Dieses Ungeheuer riss dem Sonnenriesen das Herz aus der Brust und schleuderte es ins Weltall.

Als der Riese erwachte, fühlte er keinen Schmerz und keine Freude mehr, denn er hatte sein Herz verloren.

Das glühende Herz aber lebte weiter als neuer Stern. Nur hatte es nicht genügend Kraft den eisigen Stürmen des Weltalls standzuhalten. Es erkaltete allmählich – aber nur an der Oberfläche. Innen lodert es heute noch so feurig wie im Leib des Sonnenriesen. Die erkaltete Oberfläche wurde hart, Berge und Flüsse entstanden und Lebewesen bevölkerten den neuen Stern.

– Kannst du dir denken, wie dieser Stern heißt?«

»Erde?«, fragte Jenny zögernd.

»Richtig.« Kalle Wirsch drückte Jenny sanft die Hand. »So, du dummes kleines Menschenmädchen, jetzt weißt du, dass du auf dem Herzen des Sonnenriesen wohnst und dass es innen drin halt ein bisschen heiß ist. – Im Übrigen sorge ich schon dafür, dass ihr nicht verbrennt.«

Zum ersten Mal hatte Kalle Wirsch Mitgefühl gezeigt. Dafür war Jenny ihm dankbar. Und weil sie jetzt wusste, dass sie kein Fieber hatte, dass ihr Blut nicht kochte, war die Hitze weniger beängstigend.

»Wenn man begreift, was los ist, ist es nur halb so schlimm«, sagte sie.

In diesem Augenblick kam Tutulla von ihrem Erkundungsflug zurück.

»Die Falle!«, schrie sie schon von weitem. »Ich habe die Falle entdeckt!«

»Die Falle zum Vulkanschlot?«, erkundigte sich Kalle Wirsch.

»Genau diese. Kommt schnell mit.«

Die Fledermaus war sehr ungeduldig ihre Entdeckung zu zeigen und flatterte eilig voraus. Bei einem großen flachen Stein, der den Boden bedeckte, hielt sie an und zog unruhige Kreise darüber, bis auch Kalle Wirsch, Max und Jenny angelangt waren.

Als Kalle Wirschs Blick auf den flachen Stein fiel, zögerte er und betrachtete ihn misstrauisch.

»Feuerkern, Feuerkern«, stieß er hervor. »Eine geschickte Falle.«

»Äußerst geschickt«, sagte Tutulla. »Einen Schritt weiter und ihr wärt in den Kochtöpfen der Vulkaniden gelandet.«

Kalle Wirsch untersuchte den Stein genauer und erklärte dann: »Seht mal her! Die Steinplatte ist kleiner als das Loch, das sich darunter befindet. Sie ist rundum von eingeklemmten Kieselsteinen gerade noch gehalten und trägt kaum eine Fliege.«

Er trat mit einem Fuß auf den flachen Stein, der sich bei der ersten Berührung löste und in die Tiefe kollerte. Zurück blieb ein großes Loch, über das sich Kalle beugte.

»Jetzt könnt ihr sehen, wie's da unten ausschaut«, sagte er. »Nur mutig heran!«

Max und Jenny legten sich flach auf den Bauch und

äugten über den Rand des Loches. Es führte in schräger Richtung wie eine Rutschbahn in eine Höhle. Ein riesiger Herd befand sich darin, auf dessen Platte viele Töpfe standen. Aus diesen Töpfen dampfte und brodelte es. Ein beißender Geruch stieg nach oben, der den Kindern den Atem verschlug.

»Was ihr da seht, sind die Vulkaniden«, sagte Kalle Wirsch. »Das sind nahe Verwandte der Wrukas. Ein sehr zänkisches Geschlecht.

»Vulkaniden? Ich sehe aber nur Kochtöpfe«, sagte Max.

»Ja, gewiss. Ich gebe zu, dass die Form ungewöhnlich ist für ein Lebewesen. Aber je tiefer man in die Erde kommt, desto seltsamere Gestalten trifft man. Für ihre Lebensart ist die Kochtopfform sehr geeignet. Sie zanken sich nämlich immerzu. Ständig haben sie Krach miteinander. Dann wallen sie auf und kochen über. Sie sind übrigens mit dem gleichen Magmabrei angefüllt, den die Wrukas fressen.«

»Deshalb sind sie auch verwandt«, stellte Max fest.

Kalle nickte zustimmend und fuhr fort: »Von ihrem Wohnplatz auf dem Herd aus steigt ein senkrechter Kamin hoch. Das ist der Vulkanschlot. Manchmal wird ihr Streit so heftig, dass sie alle gleichzeitig überkochen. Dann wird der glühende Brei in den Schlot gepresst und bis hinauf zur Erdoberfläche geschleudert.«

»Vulkanausbruch«, sagte Max und hielt sich gleich darauf schnell den Mund zu. Er wollte Kalle Wirsch nicht wieder mit seinen Schulkenntnissen verärgern.

Aber bei Kalle Wirsch wusste man nie, woran man war. Das eine Mal konnte er bei einer Sache wütend werden, ein andermal lachte er darüber. Jetzt nahm er die Feststellung von Max ganz friedlich hin.

Auch Tutulla warf einen Blick auf die brodelnden Vulkaniden und sagte: »Zoppo Trump hat sich vorgestellt, dass ihr in der Suppe da unten als Fleischeinlage schmoren solltet.«

»Und beim nächsten Vulkanausbruch – ab nach draußen!«, ergänzte Kalle Wirsch grimmig.

»Da hat er sich aber verrechnet, dieser Zoppo.« Max lachte und Jenny lachte mit.

Alle drei hopsten mit einem Satz über das Loch.

Tutulla schwebte über ihren Köpfen und rief: »Bald haben wir's geschafft. Meine Spürnase sagt mir, dass dies Zoppo Trumps letzter Anschlag war.«

Leider täuschte sich ihre Spürnase diesmal gründlich.

13. Kapitel

Der schreckliche Murrumesch

Zoppo Trumps nächster Anschlag nämlich lag im Nebeldampf der heißen Quellen. – –

Es war noch ein gutes Stück bis dahin. Zuerst kamen sie bei den Wrukas vorüber. Diese Magmafresser lagen inzwischen in tiefem Verdauungsschlaf, genau wie es Kalle vorausgesagt hatte.

Mit ihrer grauen faltigen Haut erschienen sie den Kindern wie Teile des Gesteins. Nichts Furcht erregendes war mehr an ihnen und man konnte sich kaum vorstellen, dass sie dieses schreckliche Grollen und Beben hervorbrachten.

So weit war alles gut verlaufen. Dann aber, ganz plötzlich, sahen sie sich eingehüllt von weißen wallenden Nebelschwaden.

Wohin sie blickten, stieg Dampf in dichten Wolken auf und versperrte ihnen jede Sicht.

»Wir sind bei den heißen Quellen«, rief Kalle Wirsch.

»Genau wie in der Waschküche«, sagte Max.

»Nur nicht so gemütlich«, sagte Jenny.

»Tutulla, klammere dich an meinen Rücken!«, befahl Kalle.

»Und ihr zwei fasst euch bei den Händen. Wir müssen eine Kette bilden, sonst verlieren wir uns.«

Sie nahmen Jenny in die Mitte und Kalle Wirsch

strebte vorwärts durch die kreisenden Nebel, die sich feucht und heiß auf ihre Haut legten.

»Das ist eine Hitze, was?«, rief er aus und es klang, als fühle er sich in diesem Dampfbad richtig wohl. »Eine prächtige Hitze, eine belebende Hitze«, schwärmte er. »Hier verwandelt sich alles Wasser in Dampf, so schön heiß ist es und hier – – ah!« Er unterbrach seinen Lobgesang auf die Hitze.

»Hier haben wir auch unsern Wegweiser. Seht ihr, alles läuft ganz planmäßig.«

Aus den milchigen Dämpfen tauchte ein Pfahl auf. Als sie ganz dicht davor standen, erkannten sie, dass es wirklich ein Wegweiser war.

»Nebel sind tückisch«, erklärte Kalle Wirsch. »Hier unten genauso wie bei euch auf der Erde. Wir Unterirdischen haben zwar ein gutes Gespür für die rechten Wege. Aber in diesem Dampfbad kann es sogar uns passieren, dass wir die Richtung verfehlen. Deshalb haben wir uns ein Zeichen aufgestellt. Es weist in die Richtung der Wiwogitrumu-Burg. Jetzt sind wir schon ganz nah. Kommt schnell.«

Bald wurden die Nebel lichter und sie konnten wieder erkennen, wo sie sich befanden. Tutulla löste sich von Kalle Wirschs Rücken und flog wie vordem über ihren Köpfen.

Der Wegweiser hatte sie zuerst in einen schmalen Gang gelenkt; jetzt standen sie vor einer Öffnung, weit wie ein Torbogen. Dahinter lag offensichtlich wieder eine Höhle.

Die Geschwister wollten schon vorausstürmen, aber Kalle Wirsch hielt sie zurück. Er starrte die Öffnung an,

NEBEL SIND TÜCKISCH

die sich vor ihnen auftat, und konnte sich nicht entschließen weiterzugehen. Er tuschelte mit Tutulla, die ebenfalls eine ernste Miene machte und ängstlich flatterte.

»Was habt ihr denn, warum kommt ihr nicht?«, fragte Max.

Kalle Wirsch gab keine Antwort. Er schnupperte beunruhigt umher, tastete die Wände ab und prüfte den Boden. Dabei brummelte er unablässig vor sich hin: »Seltsam, merkwürdig, höchst merkwürdig. Die Sache gefällt mir nicht. Beim Feuerkern, hier ist was faul.«

Max und Jenny beobachteten ihn besorgt. Sie folgten seinen Blicken, die immer wieder versuchten in die Höhle zu dringen.

Was Kalle Wirsch stutzig machte, war das bläulich zuckende Licht in dieser Höhle und ein scharfer Geruch, der ihnen in die Nase stieg.

»Hier stimmt was nicht«, murmelte er.

»Hier stimmt was nicht«, echote Tutulla.

Sie hatten zwar genau die Richtung eingeschlagen, die das Zeichen bei den dampfenden Quellen wies, aber Kalles Witterung für die unterirdischen Wege sagten ihm, dass sie falsch gegangen waren.

Eine furchtbare Ahnung stieg in ihm auf.

»Wir dürfen keinesfalls durch die Höhle«, murmelte er und dann rief er Tutulla zu: »Flieg zurück! Flieg sofort zum Wegweiser zurück! Wir kommen nach.«

Tutulla schoss davon und war im Augenblick verschwunden.

Kaum aber hatte sich Kalle Wirsch mit den Geschwistern umgewendet um ihr zu folgen, als wenige Meter vor ihnen mit Krachen und Poltern das Gewölbe einstürzte. Steine prasselten und der Staub wirbelte so dicht auf, dass sie nichts mehr sahen.

»Wo seid ihr?«, schrie Kalle Wirsch. »Seid ihr verletzt?«

Max und Jenny waren unfähig zu antworten. Sie standen wie gelähmt vor Entsetzen.

»Wo seid ihr?«, brüllte Kalle.

Als sich der Staub gelegt hatte, fand er die Geschwister als zitterndes Häuflein aneinander gedrängt.

Verletzt war keiner der drei, aber sie entdeckten, dass die Gesteinsmassen den Gang verschüttet hatten, der ihr einziger Rückweg war.

Auch Tutulla war von ihnen getrennt worden. Sie befand sich jenseits der Verschüttung auf der freien Seite des Weges.

»Tutulla!«, schrie Jenny.

»Der Gang ist versperrt«, sagte Kalle Wirsch. »Tutulla kann nicht zu uns, aber sie ist wenigstens in Sicherheit.«

»Haben das die Wrukas getan?«, fragte Max.

Kalle Wirsch schüttelte den Kopf. »Das war Zoppo Trump. Ich hätte es ahnen müssen, schon beim Wegweiser im Nebel – versteht ihr?«

»Wieso beim Wegweiser?«

»Er war falsch gestellt. Ich hätte das früher ahnen müssen. Jetzt ist es zu spät.«

»Du meinst wirklich, deine Feinde hätten den Wegweiser verstellt?«

»Daran ist kein Zweifel. Er zeigte genau hierher – ins Verderben.

Max erschrak weniger über das Wort Verderben, als

über den hoffnungslosen Ton, in welchem Kalle es sagte. Er fühlte, dass er jetzt ganz mutig sein musste, um dem Wirschenkönig ein guter Gefährte zu sein.

»Wir haben so vieles überstanden«, tröstete er. »Das hier wird bestimmt auch zu schaffen sein.«

»Das hier nicht.«

»Sag doch wenigstens, was es ist«, drängte Max. »Warum können wir nicht durch diese Höhle?«

Langsam hob Kalle Wirsch seine Augen und schaute die Kinder an. »In dieser Höhle wohnt der schreckliche Murrumesch. Er ist unser ärgster Feind. Mit einem einzigen Blick kann er alles Lebendige töten.«

Kalle verstummte. Er sah sich nach einem Sitzplatz um, doch diese Gegend war wenig einladend. Schließlich hockte er sich auf einen der Gesteinsbrocken, die vom Gewölbe gestürzt waren.

»Setzt euch zu mir. Jetzt sollt ihr noch diese letzte Geschichte hören, dann wisst ihr alles über uns Erdmännchen.«

Kalle Wirsch fasste nach der Kette mit der silbernen Kapsel. »Max hat mich einmal gefragt, ob ich keine Waffe besäße, und ich habe geantwortet, dass sie mir geraubt worden sei. Davon will ich euch jetzt erzählen. – Ich hatte eine mächtige Waffe. Seht, hier drinnen wurde sie aufbewahrt.«

Er öffnete die Kapsel. Sie war leer. Eine Schicht aus Blei überzog das Innere.

»Eine mächtige Waffe in so einem kleinen Behälter«, meinte Max zweifelnd.

»Nun ja, es war keine gewöhnliche Waffe – kein Schwert, keine Lanze, wenn du das meinst.«

»Aber was sonst?«

»Es war ein Stein. Ein Uranstein, der tödliche Strahlen aussendet. Wer ihn besitzt, ist Herr über die Erdstrahlen. Dieser Stein gehörte uns, seit die Erde besteht, bis zu dem Augenblick, als uns der schreckliche Murrumesch überfiel und ihn raubte.«

»Aber ich verstehe nicht, wieso Strahlen eine Waffe sein können«, sagte Max.

»Das ist auch ziemlich schwer zu begreifen: Die Strahlen, die in diesem Uranstein sitzen, sind von ganz besonderer Art. Sie brechen hervor wie Blitze und verbrennen alles, auf was sie treffen. Deshalb wurde der Stein früher in dieser Kapsel aufbewahrt. Sie ist mit Blei gepanzert, die Strahlen dringen nicht durch sie hindurch. Wir haben die Kapsel nur geöffnet, wenn wir in größter Not waren, denn die Kraft der Strahlen ist ungeheuer.

Seitdem Murrumesch den Stein besitzt, traut sich keiner mehr an ihn heran. Er vernichtet alles, was in seine Nähe kommt.«

»Und er selbst? Warum wird er nicht selbst von den Strahlen verbrannt?«

»Weil er sich den Uranstein an die einzige Stelle gesetzt hat, an der er unverwundbar ist. Mitten auf der Stirn trägt er dicke Panzerschuppen, durch die keine Waffe der Welt dringen kann. Auf diese Panzerschuppen hat er sich den Uranstein gesetzt. Die Strahlen werden jetzt also von Murrumesch weg nach außen geworfen und können ihn selbst nicht treffen. Klug ausgedacht, was?«

Tief in Erinnerung versunken sprach er weiter: »Wenn ihr gesehen hättet, wie dieses Ungeheuer über uns hergefallen ist! Wir waren ganz unvorbereitet, denn wir lebten in Freundschaft mit allen Wesen der Erde. Er drang in unsere Burg, während wir friedlich beim Mahl saßen; es war bei einem unserer Zwölf-Monde-Treffen. Das ist schon lange her, so lange.«

Der kleine Wirschenkönig erlebte in Gedanken noch einmal den schrecklichen Überfall:

Mit einem Prankenhieb hatte Murrumesch die Burgmauer zertrümmert und war im gleichen Augenblick über ihm gewesen.

Blitzschnell – bevor ihn Kalle Wirsch mit dem tödlichen Strahl treffen konnte – hatte er den Uranstein aus der Kapsel gerissen und wie ein drittes Auge mitten auf seine unverwundbare Stirn gesetzt.

Dann hatte er höhnisch gebrüllt: »Jetzt ist es aus mit eurer Macht! Elende Knirpse seid ihr. Mit einem Blick könnte ich euch vernichten. Aber ich bin großmütig. Für das Uranauge schenke ich euch das Leben – wenigstens für diesmal. Aber wehe dem, der sich in meine Höhle wagt!«

Und mit einem grässlichen Lachen war er davongestürmt.

An das alles dachte Kalle Wirsch, während er vor Murrumeschs Höhle kauerte und keinen Ausweg mehr sah.

Jenny wollte noch nicht alle Hoffnung aufgeben.

»Tutulla schickt uns bestimmt Hilfe«, überlegte sie.

Kalle Wirsch machte eine Gebärde, die erkennen ließ, dass er nicht an Hilfe von außen glaubte.

Schließlich stand er auf und sagte: »Ich will versuchen in die Höhle einzudringen und sehen, was Murrumesch macht. Ihr bleibt hier und rührt euch nicht von der Stelle.«

»Kommst du auch wieder?«, flüsterte Max.

Kalle nickte halb tröstlich, halb verzagt und machte sich vorsichtig schleichend auf den Weg.

Mit angehaltenem Atem lauschten die Kinder in die Richtung, in der er verschwunden war. Das bläulich zuckende Licht beunruhigte sie. Sicher kam es von Murrumeschs Uranauge. – Was sollte aus ihnen werden, wenn Kalle Wirsch nicht zurückkehrte?

Aber er kam zurück.

»Murrumesch schläft«, berichtete er. »Das ist eine kleine Hoffnung, eine winzig kleine allerdings. Er hat feine Sinne und wird es spüren, wenn jemand durch seine Höhle schleicht. – Habt ihr Mut es trotzdem zu wagen?«

Max schluckte seine Furcht hinunter und nickte. Jenny nickte auch. Sie war bereit Kalle Wirsch zu folgen.

Wenn nur der scharfe Atem des Drachen nicht gewesen wäre! Er stieg ihnen beißend in die Nase und Jenny tränten die Augen so sehr, dass sie kaum mehr richtig sehen konnte.

»Wartet! Ich muss mir erst die Augen auswischen.« Sie kramte nach einem Taschentuch. Dabei fiel das runde Spiegelchen, das sie beim Fortgehen gedankenlos eingesteckt hatte, aus ihrer Tasche.

Kalle Wirsch erblickte es und aus dem verstörten Kalle wurde mit einem Schlag wieder der alte schrullige Wirsch.

»Äh, Spiegel!«, brummte er. »Da sieht man's, was dieses Menschenzeug im Sinn hat. Nichts als Dummheiten, Putz und eitlen Kram. Spiegel, ausgerechnet im unpassendsten Augenblick, hiii-käckäckäck.«

Max und Jenny waren ihm richtig dankbar für diesen Ausbruch. Sie hatten viel lieber, wenn er schimpfte, als wenn er mutlos war.

»Steck deinen unnützen Putzkram ein«, befahl er.

Aber bevor Jenny das Spiegelchen in die Tasche brachte, veränderte sich Kalle Wirschs Stimmung schon wieder. Es blitzte etwas in ihm auf wie ein rettender Einfall.

Ganz unerwartet riss er Jenny den Spiegel aus der Hand und steckte ihn selbst ein. – Was wollte er damit?

Es blieb jedoch keine Zeit darüber nachzudenken, denn Kalle Wirsch sagte: »Und jetzt vorwärts! Ganz leise, ganz vorsichtig, haltet euch dicht hinter mir.«

Sie setzten sich in Bewegung und betraten den torbogenartigen Eingang. Die Höhle selbst lag noch weiter entfernt. Zuerst mussten sie eine Vorhalle durchqueren. Das bläuliche Licht wurde stärker – und dann standen sie vor dem schlafenden Murrumesch.

Wer Murrumesch war, hatte Kalle Wirsch den Kindern nicht erklärt. Jetzt sahen sie es: Vor ihnen lag ein mächtiger Drache. Seine schuppiger Leib glänzte silbern und an seinen acht Beinen wuchsen ihm scharfe Klauen. Aus dem Rachen ragten spitze Zähne kreuz und quer hervor. Auch ohne den Uranstein wäre er ein gefährlicher Gegner gewesen; jetzt war er unüberwindlich. Wie Blitze zuckten die Strahlen aus dem Uranauge von seiner Stirn. Sie verbreiteten ein unruhiges Licht, das den Eindruck erweckte, Murrumesch läge gespannt auf der Lauer. Dass er schlief, erkannte man jedoch an den beiden andern geschlossenen Augen und an seinem gleichmäßigen Schnarchen.

Mit winzigen Schritten, Zentimeter für Zentimeter,

Murrumesch

schoben sich die drei weiter in die Höhle. Sie ließen den Drachen nicht aus den Augen und dachten immer nur: kein Geräusch machen, nur kein Geräusch; er darf nicht aufwachen, nicht aufwachen.

Besonders schwer fiel es ihnen unhörbar zu atmen, denn mit einem klopfenden Herzen schnauft man immer lauter als sonst. Außerdem wurde der Drachengestank immer unerträglicher.

Als sie die Mitte der Höhle erreicht hatten, stockte Murrumeschs Schnarchen und ging in drohendes Knurren über. Ein Zittern lief über seine Schuppen. Er wälzte und schüttelte sich, öffnete erst sein rechtes Auge, darauf das linke, und dann – was dann geschah, ging so rasend schnell, dass man es in Worten nur schleppend nacherzählen kann.

Der schwere Drachenkopf wendete sich suchend um. Aus dem Uranauge schossen die Blitze wie gebündelte Pfeile. Gleich musste er sie erreichen, gleich war alles aus.

Jenny hatte nicht einmal die Kraft zu schreien. Sie sah Kalle vorspringen mit einem kleinen runden Gegenstand in den erhobenen Händen. Sie sah, wie der Drache sein Uranauge auf ihn richtete. Dann flammte ein Blitz auf, der sich auf Kalle stürzte – aber er traf ihn nicht. Er prallte ab von dem kleinen runden Ding, das Kalle über seinen Kopf hielt.

Mein Spiegel, dachte Jenny. Das ist mein Spiegel.

Der Flammenstrahl, der Kalle Wirsch töten sollte, wurde von dem Spiegel auf Murrumesch selbst zurückgeschleudert. Im gleichen Augenblick brannte sein mächtiger Körper lichterloh. Mit heiserem Gebrüll bäumte sich der Drache auf. Er hieb besinnungslos vor Wut und Schmerz um sich, aber das Feuer war schneller als er. In einem Wirbel von zischenden Flammen verglühte der schreckliche Murrumesch.

Nichts blieb von ihm übrig – nur das Uranauge, das ihm nicht gehört hatte.

Der kleine König beugte sich über den schwarzen Stein, der das Zeichen seiner Macht war. Ein ruhiges Leuchten ging jetzt davon aus. Kalle Wirsch betrachtete ihn lange.

»Wisst ihr, was das bedeutet?«, sagte er zu Max und Jenny.

»Ich habe nicht nur eine Waffe zurückerobert. Mit diesem Stein erhalten wir Erdmännchen eine wichtige Aufgabe zurück. Wir waren die Hüter der Erdstrahlen. Auch diese Aufgabe ging uns mit dem Raub des Steins verloren.«

Er hob seinen Besitz vorsichtig auf und legte ihn wieder in die Kapsel, dorthin, wo sein richtiger Platz war.

Jenny blickte noch immer nach der Stelle, an der Murrumesch gelegen hatte.

»Ist er wirklich weg?«, flüsterte sie. »Ist er bestimmt weg und verbrannt?«

Kalle Wirsch klopfte ihr beruhigend auf die Schulter.

»Du kannst ganz sicher sein, Menschenmädchen.«

Er reichte ihr den kleinen Spiegel. »Da, steck ihn wieder in die Tasche. War doch recht nützlich, dieser unnütze Kram!«

Max hatte bis dahin kein Wort gesprochen. Er konnte nur langsam begreifen, was sich gerade vor seinen Augen abgespielt hatte.

»Und wie bist du darauf gekommen?«, fragte er jetzt Kalle Wirsch. »Ich meine, wieso kamst du auf Jennys Spiegel?«

»Ja, weißt du«, antwortete Kalle lachend. »In der höchsten Not fällt einem manchmal genau das Richtige ein.«

Max nickte ihm bewundernd zu. Dabei bemerkte er eine frische Wunde an Kalles rechter Hand.

»Was ist denn mit deiner Hand?«, rief er. »Du bist ja verletzt.«

»Verletzt?« Kalle Wirsch schien die Wunde erst jetzt zu bemerken. »Tatsächlich! – Nichts von Bedeutung. Nur ein wenig verbrannt, das heilt wieder. Der Blitz aus Murrumeschs Auge muss mich gestreift haben, bevor er auf den Spiegel fiel.«

»Aber es ist doch *dein* Stein, wie kann er dich verletzen?«

»Solange ihn Murrumesch besaß, konnte er mich sogar töten.«

»Und jetzt?«

»Jetzt nicht mehr. Jetzt bin ich wieder sein Gebieter.«

Kalle sah sich in Murrumeschs Höhle um. »Sitzt euch der Schreck noch in den Gliedern? Wollt ihr euch ausruhen?«

»Nein!«, schrie Jenny. »Nein, hier bleibe ich nicht, und wenn er zehnmal tot ist.«

»Um so besser«, sagte Kalle Wirsch, »dann weiter!«

Die Höhle hatte einen zweiten Ausgang, auf den sie jetzt zugingen.

14. Kapitel

Die Reise im Feuerwurm

Um so besser, wenn's weitergeht«, wiederholte Kalle Wirsch. »Was jetzt kommt, ist nicht anstrengend. Gleich sollt ihr eine bequeme Reisekutsche bekommen.«

Durch den Umweg über die Drachenhöhle waren sie tiefer als geplant ins Erdinnere geraten und der zweite Ausgang führte geradewegs in den feurig glühenden Kern.

Die Erdmännchen konnten große Hitze gut vertragen, denn sonst wäre Kalle Wirsch schon im Brennofen des Töpfers umgekommen. Aber selbst den Erdmännchen war das Betreten des Feuergebietes unmöglich. Wenn sie einmal hindurch mussten, bedienten sie sich der Hilfe des Feuerwurms.

Diesen Feuerwurm meinte Kalle Wirsch, als er von der Reisekutsche sprach. Sie trafen bald hinter der Drachenhöhle auf ihn. Er sah gutmütig aus, hatte eine rote glatte Haut und paddelte mit Flossenbeinen etwas unbeholfen auf der Erde herum. Wie geschmeidig und schnell er war, sahen die Kinder erst später, als er mit ihnen durchs Feuer glitt.

Kalle Wirsch verhandelte kurz mit ihm, dann sperrte der Feuerwurm sein zahnloses Maul auf und Kalle sagte: »Bitte einsteigen!«

Wenn den Kindern das früher widerfahren wäre, hätten sie sich gewiss entschieden geweigert, aber jetzt hatten sie schon so viele Abenteuer bestanden, dass sie Kalles Aufforderung ohne Zögern nachkamen.

Als alle drei im Schlund des Feuerwurms verschwunden waren, klappte dieser sein Maul wieder zu. Zuerst kroch er rückwärts durch den schmalen Erdgang, dann patschte er durch glühenden Magmabrei und schwang sich schließlich mit weichen Bewegungen in die feurige Lohe.

»Was sagt ihr jetzt?«, fragte Kalle. Er war immer sehr befriedigt, wenn es den Geschwistern vor Staunen die Sprache verschlug. Und wem hätte es nicht die Sprache verschlagen bei dieser Reise!

Der Feuerwurm schwamm oder flog – oder wie man das nennen kann – mitten durch die Glut. Seine Haut war durchsichtig, aber so dick, dass die Hitze nicht eindringen konnte. So saßen sie im Bauch dieses merkwürdigen Wesens, sahen das Feuer rot und gelb um sich herum lodern und waren wohl geborgen wie in einem gläsernen Aussichtsbus.

Wie lange sie auf diese Weise dahinglitten, konnten Max und Jenny hinterher nicht sagen. Es war so beruhigend nicht mehr in Gefahr zu sein, dass sie sich alle beide ihrer großen Müdigkeit überließen und einschliefen.

Jenny hatte einen Traum: Sie war zu Hause in ihrem Zimmer, aber es war anders als sonst. Da lagen nämlich zwei Jennys nebeneinander in ihrem Bett und sie wusste nicht, welche von den beiden sie selbst war. Äußerlich glichen sie sich aufs Haar. Schlüpfte sie aber in die eine, dann war es ihr, als fehle ihr etwas, und versuchte sie es mit der andern, kam sie sich auch nur unvollständig vor. Merkwürdigerweise schienen sich die beiden Jennys ganz fremd zu sein; sie behandelten einander wie Luft.

»Ich will endlich wissen, wer ich bin!«, schrie Jenny, aber ehe sie Antwort bekam, brach eine feurig rote Kugel vor ihren Augen auf und verschlang alles mit ihrer Helligkeit.

Verstört fuhr sie aus ihrem Traum auf und blinzelte in die Flammen, die die Haut des Feuerwurms hellrot leuchten ließen.

Jenny schloss noch einmal die Augen, und als sie sie wieder öffnete, war es dämmrig um sie geworden.

Kurz darauf erwachte auch Max.

»Aussteigen, wir sind da!«, rief Kalle Wirsch.

Sie befanden sich nicht mehr im feurigen Erdkern. Durch die Haut des Feuerwurms erkannten sie dunkles Felsgestein. Als er sein Maul aufsperrte, marschierten sie hintereinander wieder auf festen Boden.

»War mir ein Vergnügen«, sagte der Feuerwurm, als Kalle Wirsch sich bedankte.

»Und vielen Dank, dass du uns nicht gefressen hast«, fügte Jenny hinzu.

»Wäre mir kein Vergnügen gewesen«, erwiderte der Feuerwurm. »Vertrage kein Fleisch.«

»Nur deshalb? – Hättest du uns sonst gefressen?«

»Wahrscheinlich!« Der Feuerwurm lachte dröhnend, während er sich rutschend und rudernd davonmachte.

Kalle Wirsch blickte ihm nach. »Er ist ein zuverlässiger Freund. Ihr habt gesehen, dass er mich sofort erkannt hat. Das Feuer erhellt seinen Verstand.«

Der Feuerwurm hatte sie bis zu einer Grotte gebracht,

an deren Decke die Geschwister ein kreisrundes Loch entdeckten.

»Das ist ein geheimer Zugang zur Wiwogitrumu-Burg«, erklärte Kalle Wirsch. »Außer mir und ein paar Getreuen kennt ihn keiner. Das Loch da oben ist ein Schacht, der senkrecht in unsere Burg führt. Seht ihr die Leitern? Daran klettern wir jetzt hinauf.«

Es war aber auch höchste Zeit, dass sie ankamen, denn der Tag des großen Erdmännchentreffens war angebrochen.

Kalle stieg voran, dann folgte Jenny und zum Schluss Max.

»Wir sind gleich am Ziel«, ermutigte Kalle Wirsch die Geschwister.

»Ja, *wir*«, sagte Jenny. »Aber wo ist Tutulla?«

Das war eine Frage, die alle drei beschäftigte: Was war aus Tutulla geworden?

15. Kapitel

Kampf in der Wiwogitrumu-Burg

Während Kalle Wirsch, Max und Jenny an den steilen Leitern emporstrebten, saß Tutulla als Gefangene Zoppo Trumps in der Wiwogitrumu-Burg.

In rasender Eile hatte sie den Weg von dem verschütteten Gang über die dampfenden Quellen bis zur Erdmännchenburg zurückgelegt. Diesmal hatte sie sich nicht auf den Wegweiser, sondern auf ihre Spürnase verlassen und war richtig geflogen. Sie wollte schleunigst Hilfe holen.

Als sie jedoch den Eingang zur Burg durchquerte, fühlte sie, wie sich plötzlich etwas um ihre Flügel spannte und sie festhielt. Es war ein Netz, das jemand auf sie herabgeworfen und unter ihr zugezogen hatte. Sie schlug wild um sich, verstrickte sich mit ihren Krallenfüßchen aber nur noch fester in die Maschen. Dann wurde das Netz von vier Gesellen gepackt und fortgeschleift. Tutulla erkannte in ihnen Zoppo Trumps Freunde.

Sie warfen Tutulla in einen dunklen Winkel und steckten ihr einen Knebel in den Mund, so dass sie kein Wort reden konnte. Später wurde sie vor Zoppo Trump geschleppt.

Zoppo thronte im großen Versammlungssaal auf dem Platz von Kalle Wirsch. Neben ihm hockte die rotäugige

Ratte. Sämtliche Erdmännchen hatten an langen Tischen Platz genommen und das Mahl war in vollem Gange.

Sehnsüchtig blickte die gefangene Tutulla auf den Spinnenpudding, der gerade hereingetragen wurde. Sie war schon ganz schwach vor Hunger und piepste kläglich hinter dem Knebel hervor.

Zoppo Trump grinste schadenfroh, als er sie so hilflos sah. Er war seiner Sache ganz sicher: Nichts stand ihm mehr im Weg. Kalle Wirsch war dem Drachen ausgeliefert. Jetzt konnte Zoppo endlich König werden.

In grimmigem Vergnügen schlug er mit der Faust auf den Tisch, dass die Spinnenbeine im Pudding tanzten, und dann ergriff er das Wort zu einer langen Rede.

»Erdmännchen! Brüder! Seid mir willkommen, liebe Trumpe, Wolde, Gilche, Murke und – nun ja – auch ihr Wirsche! Ich beginne meine Ansprache gleich mit einem Beweis für meine große Güte: Auch die Wirsche sollen mir willkommen sein, obwohl sie das Stammvolk eines unwürdigen Feiglings sind. Dieser Unwürdige, ich will ihn beim Namen nennen, heißt Kalle Wirsch.«

An dieser Stelle erhob sich ein Murren in den Reihen der treuen Wirsche, aber Zoppo Trump schlug erneut mit der Faust auf den Tisch und schrie:

»Hört mich erst an, dann könnt ihr urteilen, ob ich recht gesprochen habe.

Brüder, ich frage euch: Habt ihr es in der vieltausendjährigen Geschichte der Erdmännchen schon einmal erlebt, dass ein König, der zum Kampf gefordert wurde, nicht erschienen ist?«

Ein brausendes »Nein« schallte ihm entgegen.

Befriedigt fuhr Zoppo fort:

»Ich frage euch: Habe ich Kalle Wirsch rechtmäßig und nach den Regeln des Gesetzes zum Kampf gefordert?«

»Ja.«

»Ich frage euch: Ist Kalle Wirsch erschienen?«

»Nein.«

»Er ist nicht erschienen. Das ist der beste Beweis seiner Unwürdigkeit und Feigheit. Es gibt jedoch noch mehr Beweise, liebe Brüder. Anstatt selbst zu kommen, hat er uns eine Gesandte geschickt, die in der Burg herumspionieren und Unheil stiften sollte. – Hier ist sie!«

Dabei hielt er das Netz mit der unglücklichen Tutulla in die Höhe.

»Erkennt ihr die Fledermaus Tutulla, Kalles Kundschafterin und Beraterin?«

»Ja«, riefen die Erdmännchen aufs Höchste erstaunt, denn Tutulla hatte immer als Musterbild der Redlichkeit gegolten.

»Nun, Tutulla«, wandte sich Zoppo Trump an die Fledermaus, »gibst du zu, dass dich Kalle Wirsch in böser Absicht hierher geschickt hat?«

Da man ihr den Knebel nicht aus dem Mund genommen hatte, brachte Tutulla nur ein hilfloses Zischen heraus.

»Hör ihr? Sie gibt es zu«, sagte Zoppo Trump. »Gibst du weiter zu, dass Kalle Wirsch den Kampf mit mir gescheut hat, weil er weiß, dass ich stärker bin?«

Tutulla quäkte unverständliche Laute und schlug verzweifelt mit den Flügeln.

Auch diesmal sagte Zoppo Trump: »Sie gibt es zu.«

Dann befahl er: »Schafft sie fort. Wir haben genug gehört.«

Und während Tutulla aus dem Saal gezerrt wurde, wandte er sich wieder an die Versammlung der Erdmännchen:

»Brüder, was ihr soeben vernommen habt, zeigt, dass Kalle Wirsch nicht würdig ist unser König zu sein. Und ich habe noch Schlimmeres gegen ihn vorzubringen: Kalle Wirsch hat sich mit den Menschen gegen uns verbündet.«

Bei dieser Mitteilung entstand eine heftige Bewegung unter den Erdmännchen. Sie fürchteten die Menschen und sie hatten allen Grund dazu. Seit alters her versuchten die Menschen in ihr unterirdisches Reich einzudringen. Sie bemächtigten sich ihrer Schätze und sie zerstörten die Erde.

An den Tischen der Trumpe wurden schon Drohungen gegen Kalle Wirsch ausgestoßen. Die Ratte schürte die allgemeine Erregung, indem sie erzählte, dass Kalle Wirsch den Menschen alle geheimen Wege in der Erde gezeigt habe.

»Selbst gesehn, selbst gesehn«, pfiff sie und peitschte dazu mit ihrem Schwanz.

»Wir wissen noch mehr«, schrie Zoppo Trump. »Wir wissen, dass Kalle Wirsch die Menschen in den Rubinberg geführt hat und an den unterirdischen Goldfluss, damit sie alles rauben können, was uns gehört.«

Die Unruhe im Saal wuchs und selbst die treusten Wirsche begannen an ihrem König zu zweifeln. Zoppo Trump nutzte die ihm günstige Stimmung und fuhr fort:

»Da wir beim Rauben angelangt sind, komme ich zum nächsten Punkt meiner Anklage gegen Kalle Wirsch. Dieser König« – er sprach das Wort mit beißendem

Hohn aus – »dieser König hat zugelassen, dass man uns den kostbarsten Besitz, unseren Uranstein, raubte. Er hat ihn Murrumesch ausgehändigt, nur um sein eigenes Leben zu retten. Der Stein war ihm anvertraut. Was hat er getan um ihn zu verteidigen? – Nichts! Was hat er getan um ihn zurückzuerobern? – Nichts!«

Schnaubend vor Eifer hielt Zoppo Trump inne. Keiner im Saal wagte es ihm zu widersprechen, obwohl alle spürten, dass er die Wahrheit verdreht hatte.

»Ihr schweigt?«, rief Zoppo. »Ich begreife, dass ihr erschüttert seid. Auch ich war erschüttert, als ich erkennen musste, dass unser König ein Feigling ist, ein Verräter, ein Unwürdiger. Lasst mich zum Ende kommen, Brüder! Nach dem Gesetz muss Kalle Wirsch entthront werden.«

»Nach dem Gesetz muss Zoppo Trump König werden«, kreischte die Ratte.

Die Trumpe stimmten ein ohrenbetäubendes Beifallsgebrüll an, in das auch viele Erdmännchen der andern Völker einfielen – außer den Wirschen, die sich verwirrt und niedergeschlagen in den Hintergrund drückten. Sie wollten nicht glauben, dass ihr König ein Verräter sei. Wie aber konnten sie das Gegenteil beweisen? Warum hatte er sie allein gelassen?

»Kalle Wirsch ist entthront, Kalle Wirsch ist entthront!« Die Trumpe wurden immer übermütiger, sie hopsten bereits auf den Tischen herum.

»Jawohl, entthront!«, brüllte Zoppo.

»Noch nicht, hiii-käckäckäck!« Eine wohl bekannte Stimme übertönte den Tumult.

Alle wichen betroffen zurück und machten den Weg

frei für Kalle Wirsch, der mit festen Schritten bis zur Mitte des Saales ging.

»Es tut mir Leid, dass ich euer Fest stören muss. Ihr wart so lustig. Aber bevor ihr weiter auf den Tischen tanzen könnt, habe ich noch eine Kleinigkeit mit Zoppo Trump zu erledigen, nicht wahr, Zoppo?« Er blickte nach Zoppo Trump, der ihn anstarrte, als sei er ein Gespenst.

»Der Tag ist noch nicht zu Ende«, fuhr Kalle Wirsch fort. »Wie ihr seht, habe ich mich rechtzeitig zum Kampf eingefunden. Von mir aus kann es gleich losgehen, ich bin bereit.«

Zoppo Trump begriff allmählich, dass kein Gespenst, sondern der leibhaftige König Kalle vor ihm stand.

»Wie geht das zu?«, fauchte er die Ratte an. »Diese Schwachköpfe haben mir gemeldet ... Murrumesch ...«

Die Ratte wusste keine Antwort. Sie blies vor Bestürzung die Backen auf und tänzelte wild auf ihrem Sitz herum.

»Nun«, rief Kalle Wirsch. »Was gibt's noch zu bereden? Können wir beginnen?«

Die Erdmännchen waren über das unerwartete Erscheinen des Königs zuerst verblüfft gewesen, dann aber hatte sie die Lust an dem bevorstehenden Königskampf erfasst. Eifrig rückten sie die Tische beiseite und schafften Platz für die beiden Streiter.

Max und Jenny waren am Eingang des Saales stehen geblieben. Keiner beachtete sie und auch Kalle Wirsch schien sie vergessen zu haben.

Jenny fand es ganz unnötig, dass Kalle kämpfen wollte.

»Er braucht doch nur alles zu erzählen und den Uranstein vorzuzeigen«, flüsterte sie Max zu.

Aber Max war von der allgemeinen Spannung ergriffen worden. Er verstand, dass Kalle Wirsch trotz allem kämpfen musste und dass er zu stolz war sofort über seine Taten zu reden.

»Wenn er es nicht selbst sagt, dann erzähle ich es«, erklärte Jenny.

»Fang am besten gleich damit an«, sagte jemand neben ihr. »Ich heiße Tisso« – Tisso verbeugte sich – »und ich gehöre zum Volk der Wirsche. Ich weiß schon, wer ihr seid. König Kalle hat mir einen Wink gegeben, dass ich mich um euch kümmern soll.«

Jenny lachte ihn dankbar an. Tisso gefiel ihr und sie war froh jemanden bei sich zu haben, der sich auskannte in den fremden Gebräuchen. Natürlich erzählte sie Tisso sofort von Zoppo Trumps Hinterlist. Nur von Murrumesch und dem Uranstein sagte sie nichts. Sie fühlte, dass sie das nicht durfte. Das musste sie Kalle Wirsch überlassen.

Inzwischen nahmen die Vorbereitungen zum Kampf ihren Fortgang. Zoppo Trump war ebenfalls in die Mitte des Saales getreten und stand mit finsterer Miene Kalle Wirsch gegenüber, der noch einmal kurz die Regeln erklärte.

»Der Streit um den Königstitel besteht aus drei Kampfgängen. Wer alle drei oder mindestens zwei davon gewonnen hat, ist König. Nach alter Sitte beginnen wir mit dem Wettstreit *Faust-gegen-Stein.*«

Zwei mächtige Granitsteine wurden in den Saal gerollt und vor die beiden Gegner geschoben.

»Sie müssen mit der rechten Faust ein Loch hineinschlagen«, flüsterte Tisso den Geschwistern zu. »Wer das größte schlägt, ist Sieger.«

Zoppo Trump musterte seinen Stein und krempelte den rechten Ärmel hoch.

»Wie tief soll das Loch werden?«, rief er großsprecherisch. »Langt's bis zum Ellenbogen?«

Auch Kalle Wirsch schob seinen Ärmel zurück und ballte die Faust. Dabei bemerkte Jenny mit Schrecken die Wunde, die ihm Murrumesch beigebracht hatte.

»Er kann nicht kämpfen«, wisperte sie. »Er hat eine verletzte Hand.«

Aber schon holte Zoppo Trump aus, hieb seine Faust bis zum Knöchel in den Granit. Es war ein vortrefflicher Schlag und die Zuschauer brachen in lauten Jubel aus.

Zoppo nahm ihren Beifall mit einem spöttischen Lächeln für Kalle Wirsch entgegen.

»Gib lieber gleich auf! Oder traust du dir mehr zu?«, rief er.

Alle blickten gespannt auf den König, der zu zögern schien und unschlüssig seine Hand betrachtete.

»Er hat Angst«, höhnte Zoppo Trump. »An diesem Meisterschlag gemessen, wird er nur ein paar erbärmliche Kratzer zu Stande bringen.«

Jenny hielt es kaum mehr aus. Sie wäre am liebsten dazwischengesprungen. Jetzt müsste er es doch sagen, dachte sie. Jetzt müsste er ihnen seine Hand zeigen und den Uranstein, dann käme Zoppos Gemeinheit endlich ans Licht.

Tisso spürte ihre Ungeduld und legte begütigend die

Hand auf ihre Schulter. »Warte ein wenig und vertraue auf Kalle Wirsch.«

Nicht nur Jenny war ungeduldig. Im Saal wurde ein Scharren und Murren laut. Die Erdmännchen wollten den Faustschlag des Königs sehen.

Da zögerte Kalle nicht länger, holte weit aus und schlug in den Stein. Er nahm seine ganze Kraft und all seinen Willen zusammen, aber die verletzte Hand versagte ihm den Dienst. Als er seine Faust zurückzog, sahen alle, dass das Loch im Stein kleiner war als das von Zoppo Trump.

Die Trumpe stießen ein Freudengeheul aus und brüllten so lange: »Zoppo der Starke, Zoppo der Starke, Zoppo der Starke«, bis alle übrigen Erdmännchen einstimmten.

Jenny hielt angstvoll Tissos Hand umklammert. Sie konnte nicht verstehen, dass mit einem Mal alle dem bösen Zoppo zujubelten.

»Das ist immer so«, sagte Tisso. »Wenn das Glück den König verlässt, dann wendet sich auch das Volk von ihm ab. – Aber Geduld! Es sind noch zwei Kämpfe zu bestehen. Die nächste Kampfart bestimmt Zoppo Trump, weil er der Sieger war.«

Zoppos harte Stimme hallte durch den Saal: »Ich wähle den Wettstreit *Kristall-wachse!*« Dabei warf er einen lauernden Blick auf seinen Gegner.

Kalle Wirsch hörte diese Ankündigung gelassen an. Ruhig nahm er den hellblauen Kristall entgegen, der ihm in die Hände gelegt wurde. Zoppo Trump bekam einen Kristall gleicher Größe und Farbe.

»Aquamarine sind das«, erklärte Tisso den Kindern.

Die beiden Gegner standen Seite an Seite. Zoppo

pflanzte sich breitbeinig auf und schickte ein selbstgefälliges Siegerlachen in die Runde. König Kalle wirkte ernst und in sich gekehrt. Atemlose Spannung herrschte im Saal, als die beiden Streiter zum Zeichen des Beginns die Kristalle hoch über ihre Köpfe hoben und sie langsam wieder sinken ließen. Dann verharrten sie schweigend; die Steine lagen auf ihren geöffneten Händen.

Max und Jenny erschien die Zeit endlos, während der sie ohne jede Bewegung auf die blauen Edelsteine starrten.

Nichts regte sich, kein Laut wurde hörbar. Kalle Wirsch und Zoppo Trump standen wie festgebannt nebeneinander.

Endlich – es war wie eine Erlösung – lief ein Zittern über Kalles Hände. Auch Zoppo Trump war aus seiner Erstarrung erwacht; er schüttelte sich und krallte seine Finger um den Kristall.

»Jetzt«, flüsterte Tisso.

Die Spannung im Saal war aufs Äußerste gestiegen und sie entlud sich in einem vielstimmigen Schrei, als ein Krachen und Bersten hörbar wurde. Unmittelbar darauf ging eine Veränderung mit den Steinen vor. Sie wölbten und reckten sich, hier brach eine frische Zacke hervor, dort dehnte sich der Stein unter Knacken und Stöhnen und stieß neue Kristalle aus –, alle genau in der gleichen Farbe und Grundform wie der erste.

Das ging eine Weile so fort, bis Max rief: »Seht doch, bei Zoppo wächst nichts mehr.«

Er war der Erste, der dies wahrnahm. Alle Übrigen waren ganz und gar vom Anblick des Kristalls auf Kalle Wirschs Händen gefesselt. Zacke über Zacke türmte sich.

Der blau schimmernde Edelstein wurde so groß und schwer, dass ihn der kleine König kaum mehr halten konnte.

Max' Ausruf lenkte die Aufmerksamkeit der andern auf Zoppo Trump. Er stand mit zusammengekniffenen Lippen da und starrte krampfhaft auf seinen Stein. Zwei kleine neue Spitzen waren daraus hervorgebrochen – mehr nicht.

»Kalle Wirsch hat gesiegt«, riefen die Erdmännchen begeistert. »König Kalle ist Sieger im Kampf *Kristallwachse!*«

Jenny musste sich aufs Neue wundern, wie die Stimmung so plötzlich zu Gunsten von Kalle Wirsch umschlug.

»Jetzt steht es für beide gleich«, sagte Tisso. »Wer im nächsten Wettstreit siegt, wird König. Diesmal darf Kalle Wirsch die Kampfart bestimmen.«

Kalle Wirsch legte seinen Aquamarin nieder. Zoppo Trump aber zeigte sich als schlechter Verlierer. Heftig schleuderte er den Kristall von sich und wartete düster mit verschränkten Armen auf Kalles Entscheidung für den dritten und letzten Wettstreit.

Kalle trat vor und sagte: »Ich wähle den Kampf *Du-sollst-schrumpfen!*«

Diese Ankündigung löste allgemeine Bestürzung und Erregung aus. Seit unzählbaren Zeiten hatte niemand einen solchen Kampf ausgetragen. Er galt als ungeheuerlich und es war mehr dabei zu verlieren als ein Königstitel.

An Zoppo Trumps Haltung konnte man ablesen, dass er die Gefahr, in die er sich begab, kannte. Sein Hochmut schien von ihm gewichen zu sein. Bleich und mit abgewandtem Gesicht stand er da.

Noch einmal ergriff Kalle Wirsch das Wort: »Ich stelle es Zoppo Trump frei von diesem Kampf zurückzutreten. Er verzichtet damit allerdings auf den Königstitel.«

»Niemals«, stieß Zoppo hervor.

»Du willst also kämpfen?«

»Ja.«

Hasserfüllt blickte er Kalle Wirsch an und schrie: »Du sollst schrumpfen!«

So begann der letzte Wettstreit.

Noch dichter als zuvor rückten die Erdmännchen heran, bis sie die beiden Gegner in engen Kreisen umstanden.

»Du sollst schrumpfen!«, wiederholte Zoppo Trump verbissen. Aus schmalen Augenschlitzen beobachtete er seinen Gegner. »Schrumpfe!«

War es noch nicht so weit? Fing er schon an kleiner zu werden? Nein, noch stand er unverändert – noch!

»Schrumpfe!«, knirschte Zoppo.

Über Kalle Wirschs Lippen war bisher kein Wort gekommen. Mit stummer Entschlossenheit hatte er Zoppo lange Zeit in die Augen geschaut. Jetzt trat er näher an ihn heran und sagte leise und bestimmt: »Du sollst schrumpfen!«

Zoppo fühlte, wie sich diese Worte wie eine Klammer um ihn legten, die er um jeden Preis abschütteln musste. War er nicht stark? Konnte er sich nicht gegen die fremde Gewalt stemmen? Er brach in ein wildes Gelächter aus.

»So einer wie du kann mir nichts anhaben.«

„Schrumpfe!"

»Schrumpfe!«, sagte Kalle Wirsch und sein Blick bohrte sich in den Gegner.

Zoppo krümmte sich und taumelte ein wenig. Seine Hände suchten nach Halt. »Schrumpfe!«, stöhnte er, während ihm der Schweiß auf die Stirn trat. Er konnte Kalles unerbittlichen Blick kaum mehr ertragen.

»Schrumpfe!«, sagte Kalle Wirsch zum dritten Mal – und da geschah es.

Alle sahen, wie Zoppo Trump ganz langsam zusammenschrumpfte.

In einer letzten großen Anstrengung ballte er die Fäuste, dass die Knöchel weiß hervortraten, und schrie: »Ich bin Zoppo der Starke, bald werde ich Zoppo der König sein. Du sollst schrumpfen!«

Aber seine Worte verhallten ohne Wirkung.

Unbezwingbar stand Kalle Wirsch vor ihm, während er selbst immer kleiner und kleiner wurde, bis er so winzig war wie ein Zwetschgenkern. Und aus ihm heraus quiekte ein dünnes, zornbebendes Stimmchen: »Nein, ich will nicht, ich will nicht! Ich bin Zoppo der Starke.«

Die große Versammlung der Erdmännchen hatte dieses Schauspiel mit heftiger Teilnahme verfolgt. Keiner konnte sich erinnern je einen derartigen Kampf erlebt zu haben. Sie schwankten zwischen Entsetzen und Begeisterung.

Jetzt aber, als Zoppo so klein und trotzdem noch wie ein Wüterich herumhopste, empfanden sie das Ganze als einen riesigen Spaß. Sie brüllten vor Vergnügen, lachten ihn aus, den winzig kleinen, giftig bösen Zoppo, sie lachten, lachten, lachten …

Diesmal war sogar Jenny auf ihrer Seite. Für Zoppo Trump konnte sie kein Mitleid haben. Es war seine gerechte Strafe, dass er für immer klein bleiben musste, dass er dem Spott und der Verachtung preisgegeben war.

Nun hatte er keine Macht mehr, aber seine Bosheit war so groß, dass er trotz seiner Winzigkeit noch einmal versuchte die Erdmännchen gegen Kalle Wirsch aufzuwiegeln.

»Er muss entthront werden«, plärrte er. »Habt ihr den Uranstein vergessen? Er soll ihn von Murrumesch holen, wenn er der König sein will.«

Während Zoppo quiekte und kreischte, hatte sich Kalle Wirsch mit langsamen Schritten zu dem erhöhten Sitz begeben, der für den König bestimmt war. Ruhig öffnete er die Kapsel an seiner Silberkette und richtete den Strahl des Uransteins gegen die Decke. Ein großes K und ein großes W, die Anfangsbuchstaben seines Namens, brannte er damit ins Gestein.

Für einen Augenblick verharrten alle Erdmännchen in sprachlosem Erstaunen. Als sie aber begriffen hatten, dass Kalle Wirsch wieder im Besitz des Uransteins war, dass er ihn zurückerobert hatte, brachen sie in einen unbeschreiblichen Freudentaumel aus. Nun gab es keinen Zweifel mehr, dass er der rechtmäßige König war.

Tausendfach erklang der Ruf, tausendfach hallte er von den Wänden wider: »Glück unserm König! Glück dem König Kalle Wirsch.«

Kalle nahm die Huldigung lächelnd entgegen, dann hob er die Hand zum Zeichen, dass er sprechen wollte.

»Verschwendet euern Jubel nicht allein an mich, Brüder. Es gibt noch zwei andere, die ihn verdienen.« Er deutete auf Max und Jenny.

Sofort richtete sich die Aufmerksamkeit der ganzen Versammlung auf die Geschwister, die vor Verlegenheit nicht wussten, wohin sie schauen sollten. Es wäre ihnen lieber gewesen, wenn sie unbeachtet geblieben wären. Jenny versteckte sich hinter Tisso und Max murmelte: »Ach nein, wir haben überhaupt nicht viel dazugetan, wirklich nicht.«

Jetzt fand es Tisso an der Zeit alles zu erzählen, was er von Jenny über ihre abenteuerliche Reise wusste. Dadurch gewannen die Geschwister sofort das Zutrauen und die Achtung der Erdmännchen. Sie kamen herbei und umringten Max und Jenny. Einer nach dem andern verbeugte sich und nannte seinen Namen:

»Oppi«, »Umme«, »Jesso«, »Narro«, »Fille«, »Abbo«, »Effo«, »Ukki«, »Loggo«, »Külle«, »Ricco«, »Tarro«, »Asse«, »Enno«, »Larri«, »Kerre«, »Xille«, »Quarre«, »Poggo«, »Ökki«, »Mirre«, »Akko«, »Gurre«, »Ykko«.

Das wäre noch lange so weitergegangen, wenn nicht Kalle Wirsch plötzlich gerufen hätte: »Aber wir haben ja Tutulla vergessen! Wo ist Tutulla?«

An die arme Fledermaus hatte in der großen Aufregung keiner mehr gedacht. Noch immer im Fangnetz verstrickt lag sie in einem Nebengemach. Sie hörte alles, was vorging, konnte sich aber nicht bemerkbar machen. Nun endlich wurde sie befreit und in den Saal gebracht.

Kalle Wirsch eilte ihr entgegen um sie zu begrüßen und zu ehren. Aber bei ihrem großen Hunger wollte sie keine Begrüßung und keine Ehrung, nur etwas zu essen.

»Ohhh«, piepste sie mit schwacher Stimme und blickte über die abgeräumten Tische. »Schon alles aufgegessen! Kein einziges Spinnenbeinchen mehr da, kein Mottenflügelchen, nichts! Nichts mehr übrig für die arme Tutulla.«

Max, der an seinem Raxel kaute und keinen Hunger verspürte, war unwillig darüber, dass Tutulla angesichts der großartigen Ereignisse nur ans Essen dachte.

»Kalle Wirsch hat Zoppo Trump besiegt«, sagte er.

Aber für Tutulla gab es im Augenblick nichts Wichtigeres als ihren leeren Magen. Sie verdrehte eindrucksvoll die Augen und hauchte: »Alles aufgegessen! Hier sinke ich nieder und verschmachte. – Gerettet, aber verhungert.«

»Schnell, holt ihr etwas aus der Küche«, rief Kalle Wirsch.

Hoffnungsvoll hob die Fledermaus ihren Kopf und fragte: »Ist wirklich noch etwas da?«

»Natürlich, genug«, wurde ihr von allen Seiten versichert. »Wir tragen sofort auf.«

Tutulla wollte jedoch keine Minute länger warten. »Auftragen? Wer weiß, wie lange das wieder dauert«, sagte sie. Ihre Stimme klang gekräftigt durch die guten Aussichten. »Ich begebe mich lieber selbst in die Küche. – Das heißt«, fügte sie wieder matt hinzu, »wenn ich auf dem Wege dorthin nicht zusammenbreche.«

Die andern lachten sie gutmütig aus, während sie eilig davonsegelte.

Jenny wendete sich an Kalle Wirsch: »Hast du nicht auch Hunger?«

»Ihr wisst doch«, antwortete er, »dass wir Erdmännchen nie Hunger haben und dass wir nur essen, weil es Spaß macht an einer großen Tafel gemeinsam zu schmausen. Für diesmal ist die Versammlung zu Ende. Ich warte lieber aufs nächste Treffen. – Oder habt ihr beide vielleicht Lust auf ein wenig Spinnenpudding oder Mottenklöße?«

»Oh, danke, wirklich nicht. Wir haben keinen Hunger«, wehrte Max erschrocken ab.

»Und außerdem müssen wir jetzt endlich wieder nach Hause«, erklärte Jenny.

»Natürlich, ihr müsst ja zurück«, sagte Kalle.

»Gehen wir den gleichen Weg?«, erkundigte sich Max.

»Fast den gleichen. Nur auf Murrumesch und die sonstigen Gefahren müssen wir verzichten. Diesmal sind wir nämlich sehr zahlreich; die Wirsche begleiten uns.«

»Wir kämen auch gerne mit«, boten sich die Wolde an.

»Wir auch, wir auch«, riefen die Gilche und die Murke.

»Und was wird aus uns?«, wollten die Trumpe wissen. Sie hatten sich nach Zoppos schmählicher Niederlage beschämt abseits gehalten.

Kalle Wirsch trat vor sie hin und fragte: »Befinden sich die Verschwörer Zoppo Trumps noch unter euch?«

»Nein«, antwortete der Wortführer der Trumpe. »Sie sind geflohen. Auch die Ratte hat unsere Burg verlassen.«

»So sollen sie für immer ausgestoßen sein aus der Bruderschaft der Erdmännchen«, bestimmte König Kalle. »Und wie steht es mit euch Übrigen?«

Er blickte forschend von einem zum andern.

»Wir erkennen dich als unsern König an«, erklärte der Wortführer.

»Wollt ihr geloben mir die Treue zu halten?«

»Wir geloben es«, antworteten die Trumpe einmütig.

Damit war der Friede unter den Erdmännchen wieder hergestellt. Zoppos schrilles Wutgeheul beachtete keiner.

Als Tutulla endlich gesättigt und zufrieden angeflattert kam, gab Kalle Wirsch das Zeichen zum Aufbruch.

»Glück unserm König, Glück dem König Kalle Wirsch!«, klang es noch einmal, bevor die große Schar der Erdmännchen zum Burgtor hinauszog.

16. Kapitel
Heimkehr

Gemeinsam mit Tutulla und den Erdmännchen war der Weg nicht schwierig, den sie kurz zuvor unter so viel Mühe und Gefahr zurückgelegt hatten. Diesmal gab es keine Hindernisse und keine Umwege.

Sie wanderten durch das Gebiet der dampfenden Quellen und vorbei an den schlafenden Wrukas. Die zänkischen Vulkaniden hörten sie tief unter sich rumoren, aber ihr Murren und Brodeln flößte ihnen keine Angst mehr ein. Beim Rubinberg wurde ihnen das Tor ohne weiteres aufgetan und selbst die vorwitzigen Echokugeln wagten sich nicht heran.

Der Einzige, vor dem Max und Jenny eine heimliche Scheu nicht unterdrücken konnten, war der Fährmann am See der Finsternis. Fünfzehn Mal musste er hin- und herrudern, bis er alle Wirsche, Wolde, Gilche, Trumpe und Murke übergesetzt hatte, und während der ganzen Zeit ließen die Kinder seine bleiche Gestalt nicht aus den Augen. Dafür gab es ein herzliches Wiedersehen mit dem freundlichen Kohlen-Juke. Er führte sie an seine neusten Wörterbuch-Tafeln und die Geschwister schenkten ihm den kleinen Spiegel und ihr Taschenmesser zur Erinnerung. Sie bewältigten den weiten Weg in so kurzer Zeit, dass sie nicht einmal Müdigkeit verspürten, und schließlich kletterten sie durch ein Erdloch an die Oberfläche zurück.

Der Ort, an dem Max und Jenny zum ersten Mal wieder Bäume und Himmel sahen, war ihnen vertraut: Sie standen in ihrem eigenen Garten. Es war Nacht, die Lichter im Haus waren schon gelöscht, aber mit ihren Erdmännchenaugen konnten sie jede Einzelheit erkennen wie am hellen Tag. Da war ihre Schaukel und dort der Sandkasten, in dem sie immer noch spielten, obwohl sie eigentlich viel zu groß dafür waren.

Auf ihrem Blumenbeet, vor dem Kalle Wirsch als Gartenzwerg gestanden hatte, blühten die ersten Astern. Der Herbst hatte also begonnen und sie mussten viele Wochen fort gewesen sein.

»Lasst uns jetzt Abschied nehmen«, sagte Kalle Wirsch. Er drückte ihre Hände in Dankbarkeit und legte jedem etwas Hartes, Kantiges hinein: hellblaue Aquamarine waren es.

»Damit ihr den Kampf in der Erdmännchenburg nicht vergesst«, sagte er.

Dann zog er die vier auseinander gebrochenen Teile der Schiefertäfelchen hervor, mit deren Hilfe er die Kinder verdoppelt hatte.

»Hier, nehmt auch dieses noch. Zweimal Max und zweimal Jenny.« Er reichte den Geschwistern je zwei Schieferstücke mit ihren Namen darauf.

»Fügt die Teile zusammen, wenn ihr im Haus seid, und sprecht dabei:

Stein zu Stein
insgeheim
vier wird zwei
zwei wird ein.

Dann werdet ihr wieder *ein* Max und *eine* Jenny sein.«

Die Geschwister wiederholten den Vers, bis sie ihn auswendig kannten.

Inzwischen hatten einige der Wirsche auf Kalles Wink ein Loch in die Erde gegraben.

»Legt euer Raxel da hinein«, verlangte Kalle.

Die Geschwister zögerten.

»Dürfen wir das nicht behalten?« fragte Max.

»Wenn wir uns ab und zu ein bisschen verraxeln könnten ...«, meinte Jenny.

Kalle Wirsch wollte »nein« sagen, aber dann besann er sich.

»Warum eigentlich nicht? – Schaut her! Merkt euch diesen Platz beim Ginsterbusch! Da findet ihr die Wurzeln wieder. Es wäre nicht gut sie mit nach Hause zu nehmen. Sie brauchen die Erde; sonst verdorren sie. Hier können sie weiterwachsen. Brecht immer nur ein kleines Stück davon ab!«

»Erkennen wir sie auch wieder?«, fragte Max.

Jenny sagte: »Klar. Raxel-Wurzeln sind gelb und haben lauter kleine Knoten.«

Beide Kinder legten ihr Raxel in das Erdloch beim Ginsterbusch. Dabei wuchsen sie wieder zu ihrer richtigen Größe. Zum Schluss warfen die Wirsche Erde über die Wurzeln.

Dann fiel Max noch etwas ein: »Wir können doch jetzt so klar sehen wie die Erdmännchen. Verlieren wir das wieder?«

»Das gefällt euch, was?« In Kalle Wirschs Augen blitzte es vergnügt. »Keine Sorge! Es wird euch bleiben. Wer einmal seine Augen in der Schattenquelle reingewaschen hat, wird für immer auch im Finstern sehen; genau wie wir Unterirdischen.«

Nun war alles getan und besprochen. Ein bisschen befangen vor Rührung sagten Max und Jenny allen Lebewohl.

Wenig später standen sie in ihrem Zimmer vor dem schlafenden zweiten Geschwisterpaar. Sie legten die Schiefersteine aneinander und sprachen:

»Stein zu Stein
insgeheim
vier wird zwei
zwei wird ein.«

Und ebenso, wie sich die Schieferteile fest zusammenfügten, verschmolzen sie auch wieder mit diesen beiden andern zu einem Max und einer Jenny. Es ging ganz einfach, so wie damals, als Kalle Wirsch sie geteilt hatte.

»Wie sieht es jetzt aber in unsern Köpfen aus?«, überlegte Max. »Erinnerst du dich noch an alles, was wir in der Erde erlebt haben?«

»An alles«, antwortete Jenny. »Und an viel mehr dazu! – Du, Max, ich erinnere mich jetzt auch an das, was inzwischen hier im Haus geschehen ist.«

»Ich auch«, rief Max.

»Wirklich? Weißt du zum Beispiel, was wir heute Abend gegessen haben?«, prüfte Jenny.

»Reisbrei mit Aprikosen.«

»Stimmt.«

»Und was hat die Mutter gesagt, als sie zu uns ans Bett kam?«

»Dass wir in der letzten Zeit so merkwürdig still seien.«

»Richtig, das hat sie gesagt. – Aber ab morgen wird das wieder anders! Ach, Jenny, ich bin doch froh, dass ich nicht mehr doppelt bin.«

Ein Pochen am Fenster unterbrach ihr Gespräch. Die Fledermaus hockte vor der Scheibe.

»Tutulla! Liebe Tutulla, du bist es?«, rief Jenny.

»Kalle Wirsch hat mich geschickt. Bevor er weiterzieht, will er wissen, ob alles in Ordnung ist.«

»In bester Ordnung«, erklärte Max.

»Das werde ich ihm gleich melden.«

»Wie schön, dass du noch mal gekommen bist, Tutulla«, sagte Jenny. »Kannst du uns nicht ab und zu besuchen? So wie jetzt am Fenster?«

»Das lässt sich einrichten«, versprach Tutulla.

Die Kinder schauten hinaus in die Nacht. Der Garten war erfüllt von der großen Schar der Erdmännchen.

Noch einmal wurden Abschiedsgrüße gewinkt.

»Glück dem König Kalle Wirsch und allen Erdmännchen!«, riefen Max und Jenny.

»Freundschaft zwischen euch und uns!«, tönte es zurück.

Dann drängten die kleinen Gestalten in ihr Reich unter der Erde. Aus ihrer Mitte leuchtete hell der Königsschein um Kalle Wirsch.

Wie die Geschichte weitergeht
und wie der Fährmann erlöst wird, davon
erzählt der Band ›Kalle Wirsch und die
Wilden Utze‹ (dtv junior 70290).